導讀 | 注音 | 注釋 | 白話翻譯 | 大字版

南朝·鍾嶸——原著

徐達——譯注

詩品

五南圖書出版公司 印行

前言

徐達

自東漢末至六朝，是我國文學的覺醒時期，亦爲人的覺醒時期。作爲審美對象的文學，開始從文化學術中脱胎出來，逐漸爭得獨立地位；這時期的人也朦朧地意識到自身存在的價值和地位。相傳出現於漢末的《古詩十九首》，其中的某些詩句，已隱隱約約地透露出若干信息：「生年不滿百，常懷千歲憂。晝短苦夜長，何不秉燭遊？」「昔爲娼家女，今爲蕩子婦。蕩子行不歸，空牀難獨守。」「人生寄一世，奄忽若飆塵。何不策高足，先據要路津。無爲守貧賤，轗軻長苦辛。」「人生非金石，豈能長壽考？奄忽隨物化，榮名以爲寶。」生命的寶貴，愛情的難得，地位的重要，享受的急需等種種人的欲望，已從混沌狀態中萌生出來，並大量反映在文學作品之中。面對這樣一些詩句，以往的評論總是從消極人生觀方面加以譴責，而沒有看到積極的人性呼喚，人性受到環境壓制下的呼喚。沒有人的覺醒並與之相應的文學作品的問世，便不會有自覺的文學批評著作的出現。

人的覺醒的一個凸出標誌，是對人的個性、才具、學問、品貌的認識和重視，流行於漢末延續到兩晉的品評人物的風氣，就是最好的說明。例如：「天下和雍郭林宗」，「五經無雙許叔重」，「問事不休賈長頭」，「居今行古任定祖」。《世說新語·德行》稱郭林宗評黃叔度云：「叔度汪汪如萬頃之波。澄之不清，擾之不濁，其器深廣，難測量也。」該書〈賞譽〉云：「世目李元禮謖謖如勁松下風。」「公孫度目邴原，所謂雲中白鶴，非燕雀之網所能羅也。」「王戎目山巨源，如璞玉渾金，人皆欽其寶，莫知名其器。」〈容止〉云：「時人目夏侯泰初，朗朗如日月之入懷，李安國頹唐如玉山之將崩。」「嵇康身長七尺八寸，風姿特秀。見者歎曰：『蕭蕭肅肅，爽朗清舉。』或云：『肅肅如松下風，高而徐引。』山公曰：『嵇叔夜之爲人也，岩岩若孤松之獨立；其醉也，傀俄若玉山之將崩。』」「時人目王右軍：飄如遊雲，矯若驚龍。」如此等等，不一而足。這種對人物的品評逐漸演化開去，發展而爲對文學作品的議論和評說，曹丕《典論·論文》於建安七子逐一評價，無所遺漏，曰：「王粲長於辭賦，徐幹時有齊氣，然粲之匹也。如粲之〈初征〉、〈登樓〉、〈槐賦〉、〈征思〉；

幹之〈玄猿〉、〈漏巵〉、〈圓扇〉、〈橘賦〉，雖張、蔡不過也。然於他文，未能稱是。琳、瑀之章表書記，今之隽也。應瑒和而不壯，劉楨壯而不密，孔融體氣高妙，有過人者，然不能持論，理不勝辭，以至乎雜以嘲戲。及其所善，揚、班儔也。」曹植〈與楊德祖書〉，專事「詆訶文章，掎摭利病」，可與乃兄比肩。風氣之所趨，竟至「文人相輕」的地步。文學批評的風氣既開，文學批評的著作亦接踵而至，陸機〈文賦〉，摯虞〈文章流別論〉，李充《翰林論》，王微《鴻寶》，沈約《宋書・謝靈運傳論》，蕭子顯《南齊書・文學傳論》，裴子野〈雕蟲論〉、蕭統《文選・序》……，雖或存或亡，但在當時確乎彬彬之盛，蔚爲大觀。其間最著名也是對後世影響最爲深遠的兩部文學批評專著，就是「體大而慮周」的《文心雕龍》和「思深而意遠」的《詩品》。

《詩品》的作者爲梁代鍾嶸。鍾嶸生於西元四六八年，卒於西元五一八年，字仲偉，潁川長社（今河南長葛縣）人，晉侍中鍾雅七世孫，從祖鍾憲，任南齊正員郎，父親鍾蹈爲齊中軍參軍。鍾嶸幼而好學，師從齊永明衛將軍王儉，因「有思理」，「明《周易》」，舉爲本州秀才。歷任南康王侍郎、撫軍行參軍、司徒行參軍等職。衡陽王蕭元簡出任會稽太守，引爲記室，專掌文書典籍，後又任晉安王、西中郎蕭綱記室，故世有鍾記室之稱。《梁書》、《南史》均有傳。

《詩品》，亦名《詩評》，是我國最早的一部關於五言詩的理論批評專著，也是我國詩話的開山祖。全書内容包括兩個部分：一部分爲詩歌理論；另一部分爲詩歌批評。就詩歌理論來說，涉及到這幾個方面：第一，詩歌的產生和功用；第二，五言詩發展史；第三，滋味說；第四，反對用典和聲病說。

第一，詩歌的產生和功用。「氣之動物，物之感人，故搖蕩性情，形諸舞詠。」鍾嶸認爲，大自然中的「氣」，導致四時節候的更迭，使萬物萌動衍生；自然環境的變化，又觸發人的思緒感情的激動和搖曳，於是就產生了歌舞。這個觀點並非鍾嶸首創，而是本於舊說，《尚書·堯典》曰：「詩言志，歌永言。」《毛詩序》曰：「詩者，志之所之也。在心爲志，發言爲詩。情動於中而形於言，言之不足，故嗟歎之；嗟歎之不足，故永歌之；永歌之不足，不知手之舞之，足之蹈之也。」《禮記·樂記》云：「凡音之起，由人心生也。人心之動，物使之然也。」鍾嶸在這方面的貢獻，主要集中在兩個問題上：一是他指出了「春風春鳥，秋月秋蟬，夏雲暑雨，冬月祁寒，斯四候之感諸詩者也。」把「物之感人」加以具體化，把在以往詩歌中僅僅用作比興手法的四時物候，化爲詩歌描寫的具體對象和詩歌創作的普遍題材，既可以託物喻志以寄寓詩人的思想感情，也可以直接歌詠山水風月以體現詩人的趣味。這後一點，縱然是由於山水田園詩的出現而進行的理論昇華，但畢竟是作爲詩歌理論家的鍾嶸的貢獻。二是指明了不平的生活遭遇和怨憤的思想感情是詩歌創作的重要内容。「嘉會寄詩以親，離群託詩以怨。至於楚臣去境，漢妾辭宮。或骨横朔野，魂逐飛蓬。或負戈外戍，殺氣雄邊。塞客衣單，孀閨淚盡。或士有解佩出朝，一去忘返；女有揚蛾入寵，再盼傾國。凡斯種種，感蕩心靈，非陳詩何以展其義？非長歌何以騁其情？」這是繼承了《詩經》變風、變雅的怨刺和司馬遷發憤著書説的優良傳統，總結了漢魏以來現實主義詩歌的寫實精神而提出的一種進步的詩歌創作理論。

在對於詩歌功用的認識上，鍾嶸一承舊説，没有太多的創見。「動天地，感鬼神」之類的論述，無非重複了《毛詩·序》的説教，這是無庸贅言的。至於「窮賤易安，幽居靡悶」之説，反而抹去了詩歌揭露黑暗現實的鋒利芒刺，使它成爲自我安慰的心靈調和劑，這無寧説是鍾嶸詩歌理論的一種局限。必須説明的是，這裡説的詩歌的功用，是指詩歌的社會功利作用，至於詩歌的審美作用，留待下文詳述。

第二，五言詩發展史。《詩品》評論的對象既然是五言詩及其作者，那麼，對我國早期五言詩的發展過程作一個簡單的回顧，也是完全有必要的。鍾嶸從傳説中的〈南風詞〉和〈卿雲歌〉説起，把它們列爲五言詩的肇端。他確認《古詩》爲漢代作品，批評班固〈詠史詩〉「質木無文」，這也是從眾之説。對於建安詩歌，他讚美備至，兩晉篇什，則譽爲「文章中興」。他認爲張、陸、潘、左，風骨猶存；孫、許、桓、庾，「淡乎寡味」；劉、郭變體，力挽頹風；二謝才高，凌跨前賢。這些論斷，都是十分公允和中肯的。

鍾嶸認爲，四言詩的特點是「文約意廣」，如能「取效風騷，便可多得」；但是，「每苦文繁而意少，故世罕習焉」。以四言爲主體的《詩經》，歷來被推崇爲詩歌的典範之作，文字簡約而底蘊豐厚，足供讀者諷詠玩味，何故而竟至「世罕習焉」？或者説，《詩經》以後的四言詩爲什麼便淪爲「文繁而意少」了呢？鍾嶸没有道出個中原委。其實，詩歌內容和形式的形成和發展，都取決於社會生活；社會生活隨著時代的發展由簡單而日趨繁複；反映社會生活的人的思想感情和思維方式也愈來愈複雜，人們的語言詞彙也愈來愈豐富多彩，每句四字的四言詩的結構框架，逐漸容納不下日趨複雜的生活內容，反映社會生活的新的詞語要求有新的詩歌形式去適應它，舊有的詩歌形式必然被突破，五言詩就應運而誕生。這便是四言詩從「文約意廣」到「文繁意少」的變化原因，也是四言詩必然過渡到五言詩的發展的內在機制。詩歌從四言到五言，雖則只有一字之增，但其容量的擴展卻是巨大的，在音節韻律上，迭宕起伏，抑揚迴盪，所產生的審美效果也是無可限量的。所以鍾嶸說：「五言居文詞之要，是眾作之有滋味者也。」又說五言詩「指事造形，窮情寫物，最爲詳切！」

第三，滋味說。在我國傳統詩論中，談到詩歌的作用，往往只強調其政治道德的功利作用，而忽視詩歌的審美價值。《論語・子路》：「子曰：誦《詩》三百，授之以政，不達；使於四方，不能專對；雖多，亦奚以爲？」《論語・陽貨》：「子曰：小子何莫學夫詩？詩可以興，可以觀，可以群，可以怨。邇之事父，遠之事君，多識於鳥獸草木之名。」除了「興」包含詩歌對人的感染作用，與審美尚有一定聯繫之外，很少涉及審美作用。我國秦漢時期對詩歌審美作用的普遍忽視，除了前面提到的當時文學處於無地位狀況的原因之外，還由於從孔子開始的文論家，其實都是政治家這一原因直接有關。在我國文學批評史上，政治家論文和文學家論文，立場、眼光、方法、評價很不一樣，關於這個問題當有專文論述，不在這裡多言。既然文學已經到了自覺的時期，從審美的角度來觀照文學作品的時機業已成熟，所以鍾嶸以「滋味」說來評論詩歌，就有了鮮明的時代色彩和體現了全新的文學主張。

《詩品‧序》云：「五言居文詞之要，是眾作之有滋味者也。」又云：「幹之以風力，潤之以丹采，使味之者無極，聞之者動心，是詩之至也。」又云：「永嘉時，貴黃老，稍尚虛談，於時篇什，理過其辭，淡乎寡味。」評張協曰：「詞采葱菁，音韻鏗鏘，使人味之，亹亹不倦。」評應璩曰：「至於『濟濟今日所』，華靡可諷味焉。」評曹丕曰：「唯〈西北有浮雲〉十餘首，殊美贍可翫，始見其工矣。」評郭璞則曰：「憲章潘岳，文體相輝，彪炳可翫。」從以上幾段引文來看，所謂「滋味」、「味」、「諷味」、「翫」，都是一個意思，即指詩歌的非功利的審美評價，無關國事成敗，不涉風俗盛衰，僅僅把詩歌看作一種娛悅身心的審美對象。那麼，在鍾嶸看來，什麼樣的詩才是有「滋味」的呢？第一，要有感情。「指事造形，窮情寫物」，「非陳詩何以展其義，非長歌何以騁其情」，都離不開一個「情」字。詩歌既然是「吟詠情性」之作，有「滋味」的作品當然必須充滿感情和激情。玄言詩之所以「淡乎寡味」，就在於「理過其詞」，缺乏感情。第二，「詞采葱菁，音韻鏗鏘。」魏文帝曹丕的百餘篇詩，「皆鄙質如偶語」，而〈西北有浮雲〉十餘首，「殊美贍可翫，始見其工」。可見單單有感情而詞語簡樸，仍不得爲「工」。評何晏等五人詩曰：「雖不具美，而文采高麗，並得虬龍片甲，鳳皇一毛」，否則，連中品也不可得。評張協，通篇不強調感情，唯著眼於文采。可見鍾嶸評詩是十分重視詩歌的形式美的。明白了這一點，就不難理解何以陶潛不入上品，魏武屈居下品的原因了。內蘊感情，外修文采，是詩歌的理想之作，「幹之以風力，潤之以丹采」，才是「詩之至」，把詩歌的感情因素和詩歌的形式美完美地結合起來，這是「滋味」說的核心內容。那麼達到「風力」、「丹采」完美統一的具體途徑是什麼呢？是賦、比、興的參酌而用。賦、比、興原是我國詩歌創作的傳統表現手法，據漢人鄭玄注《周禮‧大師》說：「賦之言鋪，直鋪陳今之政教善作。」「比者，比方於物也。」「興，見今之美，嫌於媚諛，取善事以喻勸之。」鍾嶸解釋賦、比、興，有異於前人，曰：「文已盡而意有餘，興也；因物喻志，比也；直書其事，寓言寫物，賦也。」賦雖意在鋪陳，而非直言「政教善惡」；比，已由比喻之謂而轉化爲因物喻志，突出了詩歌的內在意蘊；興，從以善事喻勸之說一變而爲言短意長，回味無窮，著重在詩歌的藝術魅力。而且，鍾嶸認爲，賦比興三種手法應該依據藝術表現的需要靈活機動地交替使用，或同時兼用，這樣既可避免詩歌的艱深晦澀，也不致浮泛直露，達到有「滋味」的藝術境界。

第四，反對用典和聲病說。蕭子顯《南齊書·文學傳論》，將兩晉以來之詩歌創作概分而爲三體，其二曰：「緝事比類，非對不發，博物可嘉，職成拘制。或全借古語，用申今情，崎嶇牽引，直爲偶說。唯睹事例，頓失清采。」宋朝張戒《歲寒堂詩話》卷一曰：「詩以用事爲博，始於顏光祿。」唐元和《見人詠韓舍人新律詩因有戲贈》也說：「延之苦拘忌。」《詩品》評顏延之則曰：「喜用古事，彌見拘束。」可見劉宋顏延之開創了用典繁密一派詩風。鍾嶸論詩竭力反對顏延之、謝莊、任明、王融等人「拘攣補衲，蠹文已甚」，「文章殆同書鈔」的用典派；他認爲「經國文符」、「撰德駁奏」一類官場文體，不妨引經據典，援古證今，以有力的論證增強文章的說服力，「至於吟咏情性」的詩歌，注重的應是「自然英旨」，「亦何貴於用事？」詩中名篇、名句何嘗以用事見長？如「思君如流水」，「高臺多悲風」，「清晨登隴首」，「明月照積雪」等句，清新即目，妙語天成，所以「古今勝語，多非補假，皆由直尋」。詩歌用典，固然可以增大容量，觸發聯想；但一味追求用典，造成牀上疊牀，屋內架屋之勢，沈重板滯，賣弄學問，畢竟非詩歌本色。鍾嶸處在齊梁以用典爲博的詩風籠罩之下，大聲疾呼「自然英旨」，是有進步意義的。與用典詩風同時盛行的是聲病之說，鍾嶸亦持反對立場。聲病說的創始人是鍾嶸同時代的沈約，他在《宋書・謝靈運傳論》中聲稱：「夫五色相宣，八音協暢，由乎玄黃律呂，各適物宜，欲使宮羽相變，低昂互節，若前有浮聲，則後須切響。一簡之內，音韻盡殊；兩句之中，輕重悉異。妙達此旨，始可言文。」而且自豪地說：「自騷人以來，此祕未睹。」沈約以平上去入四聲制韻，以平頭、上尾、蜂腰、鶴膝、大韻、小韻、旁紐、正紐爲詩歌八病，是爲四聲八病之說。沈約的四聲八病之說，在語言史上是有貢獻的，在文學史上創制了近體詩、格律詩，本其功績也是不可磨滅的。但是刻意追求聲律的結果，會因字害義，本末倒置，甚至使詩歌創作走火入魔，誤入歧途，弄巧成拙，反爲桎梏。事實上當時的詩風已經令人擔憂，鍾嶸指出：「襞積細微，專相陵架，故使文多拘忌，傷其眞美。」鍾嶸說：前賢作詩，從不拘泥於宮商之辨，四聲之論，詩歌照樣韻律天成，自然諧會，我們又何必要矯揉造作，故弄玄虛呢？「余謂文制，本須諷讀，不可蹇礙，但令清濁通流，口吻調利，斯爲足矣！」試看「置酒高堂上」，「明月照高樓」這類優美的詩句，出自阮瑀、曹植的筆下，遠在聲病說產生以前，不是聲律諧和，鏗鏘

悅耳嗎？鍾嶸反對聲病說，提倡「眞美」的詩歌理論在當時也是具有進步意義的。

以上是鍾嶸的詩歌理論。

就詩歌批評而言，涉及到這樣幾個問題：第一，《詩品》的評詩標準；第二，《詩品》論詩體源流；第三，《詩品》的列品分等。

第一，《詩品》的評詩標準。魏晉以還，五言詩的創作極爲繁榮，作者蠭起，篇什騰踴，風格各異，流派紛呈。《文心雕龍・明詩》曾有詳盡描繪，如「慷慨以任氣，磊落以使才」的建安詩歌，「詩雜仙心」、「率多浮淺」的正始詩風，「采縟於正始，力柔於建安」的西晉篇什，「嗤笑徇務之志，崇盛亡機之談」的江左玄風，「儷采百字之偶，爭價一句之奇」的宋初文詠。數十年一種氣象，因時而變，各具特色。創作上的繁榮，必然帶來文學批評的發展，但當時的文學批評又是一種什麼樣的局面呢？「觀王公搢紳之士，每博論之餘，何嘗不以詩爲口實？隨其嗜欲，商榷不同，淄澠並泛，朱紫相奪，喧議競起，準的無依。」詩歌有眞有僞，流派有好有壞，詩之爲詩，總應該有其客觀的標準；如果好壞不分，眞僞莫辨，是詩歌發展的危機。當時彭城劉繪是個有識之士，「疾其淆亂，欲爲當世《詩品》」，可惜有志莫酬，「其文未遂」。雖然也曾有過幾部文學批評的著作，但又「皆就談文體，而不顯優劣」。有鑑於此，鍾嶸才下定決心，撰寫《詩品》，以廓清天下爲己任，可見陳述批評標準，是鍾嶸《詩品》的寫作重旨。

前面在講到鍾嶸的詩歌理論時，提到過「滋味」說，這是從讀者角度著眼的一種鑑賞理論。現在從批評的角度來看，鍾嶸所標舉的「幹之以風力，潤之以丹采」，是他「顯優劣」的批評標準。鑑賞和批評本來是一個問題的兩個不同層次，鑑賞具有強烈的主觀色彩，批評應有嚴格的客觀尺度；鑑賞可以有偏愛，批評不能有偏見；鑑賞往往因人而異，批評絕不能隨心所欲，這是兩者的區別。但鑑賞又是批評的基礎和前提，批評是鑑賞的提高和發展，批評是閱讀文學作品過程中由感性認識到理性認識的一種昇華，它帶有鮮明的理論色彩。對文學作品的鑑賞和批評，即使同一個人，有時也未必一致，被鑑賞者賞識的作品不一定就是上乘之作，被批評者認爲第一流的佳作，鑑賞者亦未必喜歡，這在文學鑑賞和批評中是常見的現象。但在鍾嶸那裡，鑑賞和批評恰恰是一致的，他強調的「滋味」和主張的「眞美」，正好符合「幹之以風力，潤之以丹采」的批評標準。

鍾嶸論詩，首推曹植，評語曰：「其源出於〈國風〉，骨氣奇高，詞采

華茂，情兼雅怨，體被文質，粲溢今古，卓爾不群。嗟呼！陳思之於文章也，譬人倫之有周孔，鱗羽之有龍鳳，音樂之有琴笙，女工之有黼黻。俾爾懷鉛吮墨者，抱篇章而景慕，映餘暉以自燭。故孔氏之門如用詩，則公幹升堂，思王入室，景陽、潘、陸，自可坐於廊廡之間矣。」眞可謂推崇備至，無以復加，氣、骨、情、體，無與倫比，文采風流，莫可追攀，人工造化，盡善盡美，是詩中之聖人。在示範立則之後，再從這個批評的最高標準出發，裁衡其餘詩人，或褒或貶，或抑或揚，以顯其優劣品第。比如：「陳思已下，楨稱獨步」的劉楨，《詩品》謂其：「仗氣愛奇，動多振絕，眞骨凌霜，高風跨俗。但氣過其文，雕潤恨少。」氣骨有餘而情采不足，是得曹植之一隅。評王粲則曰：「發愀愴之詞，文秀而質羸。在曹、劉間別構一體。」謂其雖情文並茂而風力未遒，是得曹植之另一隅。陳思集美，劉、王分流，均得曹植之一體。評陸機云：「其源出於陳思。才高詞贍，舉體華美。氣少於公幹，文劣於仲宣。」評謝靈運曰：「興多才高，寓目輒書，內無乏思，外無遺物，其繁富，宜哉！然名章迥句，處處間起，麗典新聲，絡繹奔會。」陸、謝雖詩承曹植，然誠如《論語》所謂「具體而微」，畢竟遠遜陳思，所以《詩品》云：「昔曹、劉殆文章之聖，陸、謝爲體貳之才。」曹、劉與陸、謝間的差別，也體現了漢魏詩與晉宋詩的軒輊，晉、宋與漢、魏相較，詩歌的氣象格局已不可同日而語，但在鍾嶸看來，陸、謝實爲晉、宋之陳思，這是很明顯的。以曹、劉、陸、謝爲其時代的詩歌之首，以此類推，等而下之，其評詩標準是明確的，仍是「幹之以風力，潤之以丹采」。

第二，《詩品》論詩體源流。清章學誠《文史通義·詩話篇》云：「《詩品》能從六藝溯流別也。」論派別，溯源流，是《詩品》評詩的又一重要內容，但這也有歷史淵源可尋。晉摯虞〈文章流別論〉已肇其端，梁沈約《宋書·謝靈運傳論》繼軌前賢，蕭子顯《南齊書·文學傳論》體式風範，此三家實爲《詩品》「致流別」之所本。鍾嶸論五言詩之源流有三：一〈國風〉，二〈小雅〉，三《楚辭》。本世紀中葉，陳延傑曾有《讀〈詩品〉》一文，發表於《東方雜誌》第二十三卷第二十三號，將《詩品》所論之詩人源流列表說明，現轉引如下，以便檢索。

下表所列共三十七人（〈古詩〉亦以一人計算），陳文尋根溯源又列出數十人，或不著源流，或隱約其詞，似有待商榷，故存而不錄。《詩品》在追述詩人源流時，往往只說某某源出於某某，或祖襲某人，語焉不詳，未加細論，故頗遭後世非議。宋葉少蘊《石林詩話》卷下曰：「論陶淵明乃以爲出於應璩，此語不知其所據。應璩詩不多見，唯《文選》載其〈百一詩〉一篇，所謂『下流不可處，君子愼厥初』者，與陶詩了不相類。」清王士禎《漁洋詩話》曰：「至以陶潛出於應璩，郭璞出於潘岳，鮑照出於二張，尤陋矣，又不足深辯也。」然《四庫提要》云：「近時王士禎（禛）極論其品第之間多所違失，然梁代迄今，邈逾千祀，遺篇舊制，什九不存，未可以掇拾殘文，定當日全集之優劣。」見仁見智，各是其是，孰是孰非，誠難爲斷。

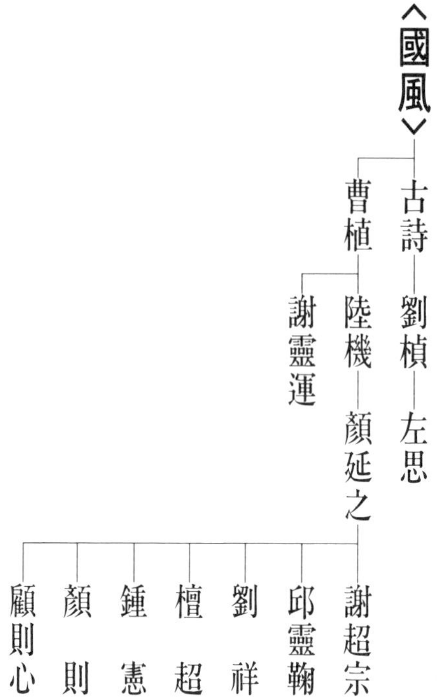

〈國風〉
- 古詩—劉楨—左思
- 曹植
  - 陸機
    - 謝靈運
  - 顏延之
    - 謝超宗
    - 邱靈鞠
    - 劉祥
    - 檀超
    - 鍾憲
    - 顏則
    - 顧則心

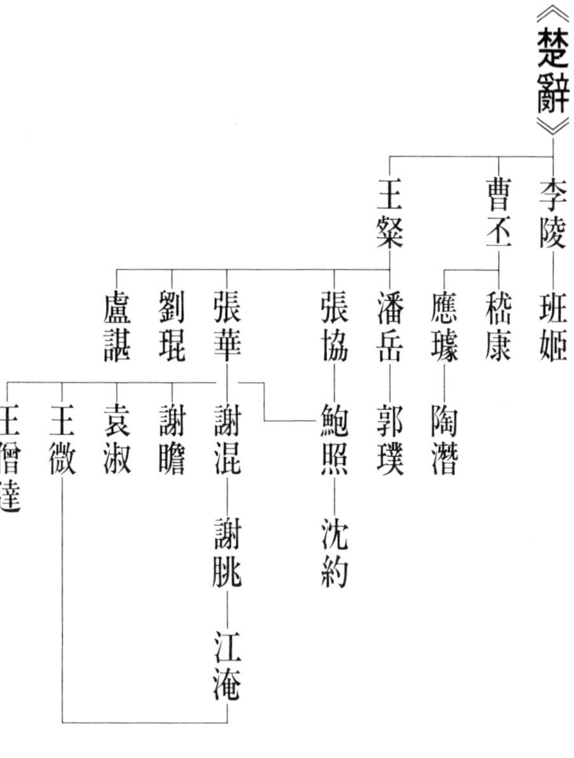

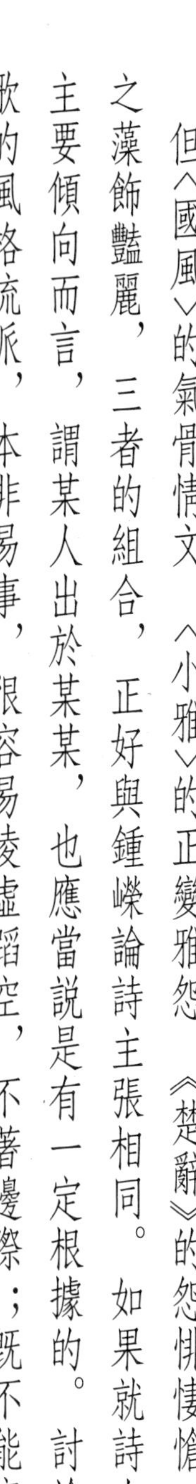

但〈國風〉的氣骨情文，〈小雅〉的正變雅怨，《楚辭》的怨悱悽愴，加之藻飾豔麗，三者的組合，正好與鍾嶸論詩主張相同。如果就詩人的主要傾向而言，謂某人出於某某，也應當說是有一定根據的。討論詩歌的風格流派，本非易事，很容易凌虛蹈空，不著邊際；既不能妄加

臆測，也不能黏皮帶骨說得太實太死。只有對詩人的全部篇什心領神會，深諳熟識，才能眞正得其神髓，道其面貌。

第三，《詩品》的列品分等。《詩品》將漢、魏至齊、梁一百廿二位詩人分等列品，以詩人成就的高低，分爲上、中、下三品，上品十一人，中品三十九人，下品七十二人，「預此宗流者，便稱才子」，不入品者，大有人在，因爲詩歌成就不大，只得作罷。《詩品》之所以採用這種品評方式，據鍾嶸自己說有三個原因：一是仿照歷史上「九品論人，《七略》裁士」的傳統做法；二是儘管在他之前有過謝靈運《詩集》五十卷，張騭《文士傳》五十卷，但其宗旨只在收錄詩文，不在品評等級，仍然難見詩人高下；三是當時詩風太濫，「庸音雜體，人各爲容」，好壞不分，優劣難辨，甚至以爲曹、劉不如鮑、謝，所以要撰寫《詩品》以正視聽。用今天的眼光來檢驗，他的分等基本上是正確的，但也不是說沒有差錯，前引《漁洋詩話》曾批評說：「鍾嶸《詩品》，余少時深喜之，今始知其踳謬不少。嶸以三品銓敘作者，自譬九品論人，《七略》裁士。乃以劉楨與陳思並稱，以爲文章之聖。夫楨之視植，豈但斥鷃之與鯤鵬耶？又置曹孟德下品，而楨與王粲反居上品。他如上品之陸機、潘岳，宜在中品。中品之劉琨、郭璞、陶潛、鮑照、謝朓、江淹，下品之魏武，宜在上品。下品之徐幹、謝莊、王融、帛道猷、湯惠休，宜在中品。而位顛錯，黑白淆僞，千秋定論，謂之何哉？」今天，我們在對鍾嶸進行批評的時候，首先要明白鍾嶸的詩歌批評標準是什麼？他是否運用自己的標準來評論、列品並堅持到底？有沒有忽高忽低、或輕或重？其次，批評鍾嶸者是否有以自己的評詩標準來取代鍾嶸的標準，然後再指責其不公或不當？就鍾嶸的批評標準來看，從理論到實踐是清晰而明確的，首尾呼應前後一致，並無轉移或相悖之處。人們可以指責他批評標準的不當，而不應該責備他在同一標準下褒貶抑揚，但王士禎以至當代某些評論者，往往對其批評標準並無異義，而對具體作家的列品說長道短，這就不免「隨其嗜欲，商榷不同」，重蹈「王公搢紳之士」的覆轍了。鍾嶸處於齊、梁之際，當時的華靡詩風籠罩詩壇，是很難不爲所囿的。所謂批評標準，從文化的角度來考察，也無非是特定時代的文化觀念的折射；縱然以某個個人的形式表現出來，或多或少帶有個性特點；但在傳統文化之下形成的共同的心理積澱，這種心理積澱又經過時代因素的過濾，其中保留下來的個人色彩已相當淡泊了。論者爲陶淵明列爲中品而憤憤不平，然在鍾嶸已爲陶淵明作了辯護，「世歎其質直。至如『歡言酌春酒』，『日暮天無雲』，風華清靡，豈直爲田家語耶？」可見當時認爲陶詩「質直」、「田家語」者，大有人在。君不見，一部《文心雕龍》五十篇，於陶淵明竟不著一字，論者又有何說？既爲歷史人物，自有歷史局限，白璧微瑕，在所難免，求全責備，反倒有苛求古人之嫌。

《詩品》一書，晦於宋以前而顯於明以後，見諸叢書者凡二十三種：《稗史集傳》本、《說郛》本、《夷門廣牘》本、《格致叢書》本、《天都閣藏書》本、《顧氏文房小說》本、《四十家小說》本、《續百川學海》本、《漢魏叢書》本、《談藝珠叢》本、《玉鴉苗館叢書》本、《歷代詩話》本、《學津討源》本、《詩法萃編》本、《擇是居叢書》本、《詩觸叢書》本、《津逮祕書》本、《龍威祕書》本、《對雨樓叢書》本、《諸子百家精華》本、《螢雪軒叢書》本、《一硯筆存》本、嚴可均《全梁文》本等。注本最早的有明馮唯訥《詩紀別集》，後有黃侃《詩品講疏》、張陳卿《詩品疏釋》、陳延傑《詩品注》、許文玉（又作許文雨）《詩品講疏》、古直《詩品箋》等，這些注本，除黃侃《詩品講疏》散見於范注本《文心雕龍》、陳延傑《詩品注》，本世紀中葉後有重印本外，餘者目前已很難見到。近年新出《詩品》注本有四：一爲蕭華榮《詩品注釋》，二爲呂德中《鍾嶸詩品校釋》，三爲向長青《詩品注釋》，四爲趙仲邑《鍾嶸詩品譯注》。近有評論文章評說優劣，讀者當有明斷。

本書的成敗得失，不便自言，讀者自會有公論。管窺蠡測，所見甚少，疏漏之處，亦在不免，敬請讀者諸君批評指正。

詩品目次

卷中

卷下

詩品序

氣之動物，物之感人❶，故搖蕩性情，形諸舞詠❷。照燭三才❸，暉麗萬有❹，靈祇待之以致饗❺，幽微藉之以昭告❻。動天地，感鬼神，莫近於詩❼。

【注釋】

❶氣：氣候，節氣。節候更替，萌動萬物。物之興衰，人亦感焉。劉勰《文心雕龍·物色》云：「春秋代序，陰陽慘舒，物色之動，心亦搖焉。」其義略同。❷搖蕩性情兩句：搖蕩，振動、感動。形：表現。諸：之乎，之於。《禮記·樂記》：「人心之動，物使之然也。感於物而動，故形於聲；聲相應，故生變；變成方，謂之音；比音而樂之，及干戚羽旄，謂之樂。」又《毛詩序》：「詩者，志之所之也，在心爲志，發言爲詩。情動於中而形於言，言之不足故嗟歎之，嗟歎之不足，故永歌之，永歌之不足，不知手之舞之，足之蹈之也。」此亦本前人之說。❸燭：照耀，作動詞用。三才：指天、地、人。《易·說卦》：「是以立天之道，曰陰

與陽；立地之道，曰柔與剛；立人之道，曰仁與義。兼三才而兩之，故《易》六畫而成卦。」❹燀麗：輝照、輝映。燀，同輝。麗，附麗。萬有：萬物。❺靈祇：神靈。靈，泛指神靈。祇，地神。饗：祭獻。致饗：享用祭獻之物。待：等待。❻幽微：幽奧深隱之物，亦指鬼神而言。藉：憑、借。昭告：明白地揭示出來。❼動天地三句：語出《毛詩序》：「故正得失，動天地，感鬼神，莫近於詩。」莫近：莫過。此係古人對詩歌作用誇大之說法。

【譯文】

氣節的變化萌動著萬物，萬物的盛衰，又觸發人的情感；情感的激盪表現爲歌舞。照亮天地人三才，輝映宇宙間萬物；神靈因它而享用祭品，鬼神借它明白所告，這一切沒有比詩歌更有效的了。

昔〈南風〉之詞❶，〈卿雲〉之頌❷，厥義夐矣❸。夏歌曰：「鬱陶乎予心」❹，楚謠曰：「名余曰正則」❺。雖詩體未全❻，然是五言之濫觴也❼。

【注釋】

❶〈南風〉之詞：根據《禮記·樂記》的記載，〈南風〉爲虞舜所作，其詞云：「南風之薰兮，可以解吾民之慍兮。南風之時兮，可以阜吾民之財兮。」後人疑其僞。❷〈卿雲〉之頌：據伏勝《尙書·大傳》記載，舜將禪讓於禹，俊傑百工相和而歌曰：「卿雲爛兮，糺縵縵兮。日月光華，且復旦兮。」❸厥：其。夐：遠。❹夏歌句：夏歌指〈五子之歌〉，原文久已失傳。現

存僞古文《尚書‧五子之歌》爲後人僞作。「鬱陶乎予心，顏厚有忸怩。」爲其中之歌詞。鬱陶：憂思積聚的樣子。❺楚謠句：屈原〈離騷〉有句曰：「名余曰正則兮，字余曰靈均。」❻詩體未全：按，《詩品》論詩，只限五言，尋根溯源至於〈南風〉、〈夏歌〉；然〈南風〉未必五言，〈卿雲〉只有四字，〈夏歌〉其爲僞作，〈楚謠〉原是雜言。其中偶有五言之句，故曰「詩體未全」耳。❼五言之濫觴：濫觴，《孔子家語‧三恕》云：「江始出於岷山，其源可以濫觴。」王肅注：「觴可以盛酒，言其微也。」指江河發源處水極淺，僅能浮起酒杯。後以濫觴喻事物之開端。

【譯　文】

從前的〈南風〉詞、〈卿雲〉歌，時間太久遠了。〈夏歌〉說：「鬱陶乎予心」，〈離騷〉說：「名余曰正則。」雖然作爲五言詩詩體還不完整，但總算是五言詩的開端罷。

逮漢李陵，始著五言之目矣❶。「古詩」眇邈，人世難詳。推其文體，固是炎漢之製，非衰周之倡也❷。

【注　釋】

❶逮漢李陵兩句：逮，及、到。李陵有〈與蘇武詩三首〉，皆五言。蘇東坡疑其僞作。按：蕭統《昭明文選》載李陵詩三首。劉勰《文心雕龍‧明詩》云：「至成帝品錄，三百餘篇，朝章國采，亦云周備，而辭人遺翰，莫見五言，所以李陵、班婕妤，見疑於後代也。」可見劉勰當時已疑其僞。鍾嶸《詩品》成書在劉勰《文心雕龍》之後，而謂李陵「始著五言之目」，亦當

時未定之說。目：篇目。❷「古詩」眇邈五句：古詩，東漢末年，出現一批不著作者姓名的五言詩，流傳甚廣，劉勰、鍾嶸、蕭統等均名之曰「古詩」。其中最有名者爲《文選》所選〈古詩十九首〉。眇邈：久遠。人世：指「古詩」的作者及其年代。難詳：難知。推：推論、推斷、推測。文體：指文章風格。固：肯定之詞。炎漢：古人以金、木、水、火、土五行表示朝代的變衍更替，漢爲火德，故稱炎漢。製：本指寫作，這裡指作品。衰周：周將衰亡之時，即周朝末年。倡：通唱，指詩作。

【譯文】

到了西漢的李陵，開始有了完整的五言詩體。「古詩」距今遙遠，它的作者和寫作年代，難以詳知；推敲它的文體風格，應當是漢代的作品，不是東周末年的詩歌。

自王、揚、枚、馬之徒，詞賦競爽，而吟詠靡聞❶。從李都尉迄班婕妤，將百年間，有婦人焉，一人而已❷。詩人之風，頓已缺喪❸。東京二百載中，唯有班固〈詠史〉，質木無文❹。

【注釋】

❶自王、揚、枚、馬之徒三句：王，王褒：揚，揚雄：枚，枚乘：馬，司馬相如。四人均爲漢代著名辭賦家。據《漢書・藝文志・詩賦略》，王褒有賦十六篇，揚雄有賦十二篇，枚乘有賦九篇，司馬相如有賦二十九篇。競爽：爭勝。吟詠：指詩歌。古時詩歌皆入樂，故曰吟詠。靡聞：未之聞也。❷從李都尉四句：李都尉，李陵，漢武帝時拜騎都尉。班婕妤：

班姬，漢成帝時為婕妤。婕妤，女官名。婕妤亦作倢伃。班婕妤有〈怨詩〉一首。此四句謂：從李陵到班姬，將近百年，除了一位女詩人，詩人只有李陵一人。❸詩人之風，頓已缺喪：風：風氣，亦可解為諷詠，則指詩作。頓：驟然。缺喪：斷缺，喪失。❹東京二句：東京，指東漢。東漢都洛陽，西漢都長安。史稱長安為西京，洛陽為東京。東漢自漢光武帝建武元年(二十五)，至漢獻帝延康元年(二二〇)，共一百九十五年，故曰東京二百載，取其約數。班固〈詠史〉：班固有〈詠史〉一首，見《文選》卷三十六〈策秀才文〉注。質木無文：質樸、木訥而無文采。

【譯文】

自從王褒、揚雄、枚乘和司馬相如等人以來，在辭賦創作上爭強鬥勝，而詩歌寫作卻從未聽說。從李陵到班姬，將近一百年中間，除了女詩人班姬外，只有李陵一個五言詩人。作詩的風氣驟然中斷了。東漢二百年中，只有班固一首〈詠史〉詩，質樸木訥，毫無文采。

降及建安❶，曹公父子，篤好斯文❷；平原兄弟，鬱為文棟❸；劉楨、王粲，為其羽翼❹。次有攀龍託鳳，自致於屬車者，蓋將百計❺。彬彬之盛❻，大備於時矣❼。

【注釋】

❶建安：漢獻帝年號，西元一九六～二一九年。❷曹公父子，篤好斯文：曹公父子，有

二說，一謂指曹操、曹丕、曹植；一謂指曹操、曹丕。當以後說爲妥。操、丕即魏武、魏文，以至尊之位而篤好斯文，宜其相提並論也。曹植自在下文「平原兄弟」中矣。劉勰《文心雕龍・時序》論及三曹，層次極爲分明，曰：「魏武以相王之尊，雅愛詩章；文帝以副君之重，妙善辭賦，陳思以公子之豪，下筆琳琅。」篤：甚。斯文：《論語・子罕》：「天之將喪斯文也，後死者不得與於斯文也！」文，本指禮樂制度。後世以斯文泛指文學或文人儒者。此處指文學。❸平原兄弟，鬱爲文棟：《三國志・魏志・陳思王植傳》載，建安十六年，曹植封爲平原侯。兄弟：指曹植及其弟白馬王曹彪。按：曹彪詩入下品，自不能與曹植並提爲「文棟」，但鍾嶸以駢體行文，父子對兄弟，故及之也。鬱：茂盛。文棟：文章之棟樑也。❹劉楨、王粲，爲其羽翼：劉、王，建安著名詩人，均爲「建安七子」中人物。其：代詞，指曹公父子、平原兄弟。羽翼：輔佐人物，爲曹公父子、平原兄弟之輔佐者。❺次有攀龍託鳳三句：次，其次。龍、鳳：古代帝王之象徵。攀、託：有依附、跟隨之意。屬車：副車，侍從之車。蓋：大概。百計：數以百計。❻彬彬：《論語・雍也》：「文質彬彬，然後君子。」指文質相宜，恰到好處。❼大備於時：大備於當時。

【譯文】

到了建安時期，曹操父子，特愛文學；曹植兄弟，鬱鬱然成了文章魁首；劉楨、王粲，成爲他們的左右。還有攀龍附鳳自願追隨他們的詩人，大約將近百人。人材濟濟，充盈著整個時代！

爾後❶，陵遲衰微❷，迄於有晉❸。太康中❹，三張❺、二陸❻、兩潘❼、一左❽，勃爾復興❾，踵武前王❿，風流未沫⓫，亦文章之中興也⓬。

【注釋】

❶爾後：以後。❷陵遲：漸漸。司馬長卿〈封禪文〉：「爾後陵遲衰微，千載亡聲。」❸迄：到。❹太康：晉武帝年號（二八○～二八九）。❺三張：張載、張協、張亢。一說張載、張協、張華。❻二陸：陸機、陸雲。❼兩潘：潘岳、潘尼。❽一左：左思。❾勃爾：猶言勃然，突然興起之意。復興：再次興起。❿踵武前王：自建安末至太康初，凡六十年，其間五言詩「陵遲衰微」，待三張、二陸、兩潘、一左出，才「踵武前王」，繼軌建安。踵武：繼迹，踏著前人足迹。前王：指建安時代曹公父子諸人，均為帝王。⓫風流未沫：風流，文章之美妙超群者。未沫：屈原〈離騷〉：「芬至今猶未沫。」王逸注：「沫，已也。」未沫，未已。⓬文章：指詩歌。

【譯文】

此後，逐漸衰落，一直到西晉。太康時期，有張載、張協、張亢，陸機、陸雲，潘岳、潘尼和左思，猝然興起，追蹤建安，使建安時期的流風餘韻延綿不息，也是五言詩的中興時期。

永嘉時❶，貴黃、老❷，稍尚虛談❸，於時篇什，理過其辭，淡乎寡味❹。爰及江表❺，微波尚傳❻。孫綽、許詢❼、桓、庾諸

公詩⑧，皆平典似《道德論》⑨，建安風力盡矣⑩。

【注釋】

❶永嘉：晉懷帝年號，西元三〇七～三一三年。❷貴黃、老：貴，推重、重視。黃老：指黃帝和老子。相傳黃老爲道家之祖，後亦以黃老稱道家。❸稍尚虛談：稍，漸漸、漸入。尚：崇尚。虛談，談理說玄。❹於時篇什三句：於時，當時也。篇什：詩篇。理過其辭：清潘德與《養一齋詩話》云：「理語不必入詩中，詩境不可出理外。」以詩說理，最爲詩家大忌，而永嘉後之玄言詩，專以詩說理，所謂理過其辭是也。淡乎寡味：平淡而毫無詩味。❺爰及江表：爰，於是。江表：長江之外，即江南。東晉建都建康(今南京)，故史家以江表指代東晉。❻微波：餘波。指虛談餘波及理過其辭之詩風。❼孫綽、許詢：東晉玄言詩人。❽桓、庾：一說指桓溫、庾亮；一說指桓偉、庾友和庾蘊。❾平典：板滯無華。《道德論》：三國時何晏作，闡發道家哲理的論著，今已亡佚。❿建安風力：亦稱建安風骨。指建安文學慷慨悲涼的情調和與現實內容相統一的時代風格。

【譯文】

永嘉時期，以黃老道家之說爲貴，崇尚談玄，這一時期的詩篇，談玄說理多而文采風流少，詩歌平淡得毫無滋味。再往後，便到了東晉，前朝的餘波尚存，孫綽、許詢、桓偉、庾友、庾蘊等人的詩，都平庸板滯像《道德論》一般，建安風骨再也沒有了。

先是，郭景純用儁上之才，變創其體❶；劉越石仗清剛之氣，贊成厥美❷。然彼眾我寡，未能動俗❸。逮義熙中❹，謝益壽斐然繼作❺。元嘉中❻，有謝靈運❼，才高詞盛，富豔難蹤，固已含跨劉、郭，凌轢潘、左❽。故知陳思爲建安之傑❾，公幹、仲宣爲輔❿；陸機爲太康之英⓫，安仁、景陽爲輔⓬；謝客爲元嘉之雄⓭，顏延年爲輔⓮。斯皆五言之冠冕⓯，文詞之命世也⓰。

【注釋】

❶先是兩句：郭景純，郭璞，字景純，晉代詩人。郭璞有〈遊仙詩〉，抒憂生避禍、輕視富貴之情。雋上：卓特出眾之才能。變創：變革創新。其體：指玄言詩。❷劉越石兩句：劉越石，劉琨，字越石，晉代詩人。仗：依仗。清剛之氣：清新剛勁的精神氣質。贊成厥美：輔助、支持他的美好行爲。厥：其，指郭璞。按：明許學夷《詩源辨體》卷五對鍾說持異義，其二十九條云：「劉越石前與潘、陸同時，今謂永嘉而後景純變創，越石贊成，則失考矣。」❸彼眾我寡兩句：彼，指永嘉以來的玄言詩。我：郭璞、劉琨的清剛雋上之詩風。動：振動。俗：與雅相對，有貶意。動俗：改變當時「平典似《道德論》」的一代詩風。❹義熙：東晉安帝年號，西元四〇五～四一八年。❺謝益壽斐然繼作：謝混，字叔源，小字益壽。斐然：有文采貌。繼作：繼郭璞、劉琨而作。❻元嘉：南朝宋文帝年號，西元四二四～四五三年。❼謝靈運：南朝宋著名山水詩人。小名客兒。❽才高詞盛四句：才高詞盛，有才氣而作品多。富豔：文辭富麗華豔。難蹤：難於追隨其蹤迹。固：肯定之詞。含跨：包容、超越。凌轢：欺壓、壓倒。潘左：指潘岳和左思。❾陳思：曹植封陳思王，死後謚忠。後稱陳思

王、陳思或思王。⑩公幹、仲宣爲輔：公幹，劉楨字公幹。仲宣：王粲字仲宣。均爲建安著名詩人。輔：輔佐。⑪英：英傑，傑出的人。⑫安仁、景陽爲輔：安仁，潘岳字安仁。景陽，張協字景陽。⑬雄：英雄，傑出的人。⑭顏延年爲輔：顏延之字延年。南朝宋著名詩人，與謝靈運齊名，世稱「顏謝」。⑮斯皆五言之冠冕：斯，代詞，此。這裡指曹植以下八位詩人。五言：指五言詩。冠冕：冠、冕都是帽子的意思，這裡是指第一、首位。⑯文詞之命世：文詞，文章，這裡指五言詩歌。命世：猶名世，聞名於世。

【譯　文】

首先，郭璞以他挺拔出眾之詩才，撥亂反正，轉變詩體；劉琨依仗清新剛健的作風推波助瀾。但是寡不敵眾，沒有能夠改變一代玄言詩風。到了義熙時代，謝混以他文采斐然的作品繼絕前響。元嘉時期，謝靈運詩才高妙，創作豐富，他的詩歌富麗華贍，無人與之比肩，的確已經超越劉琨、郭璞；壓倒潘岳、左思。由此可知：曹植是建安時期的豪傑，劉楨、王粲爲其左右；陸機爲太康時期的英雄，潘岳、張協爲其左右；謝靈運是元嘉時期雄傑，顏延年是他的助手。這些詩人都是五言詩的領袖人物，以詩歌名高一世的呵！

夫四言，文約意廣，取效風騷，便可多得❶。每苦文繁而意少，故世罕習焉❷。五言居文詞之要，是眾作之有滋味者也❸；故云會於流俗❹。豈不以指事造形，窮情寫物，最爲詳切者耶❺！

【注釋】

❶夫四言四句：夫，發語詞，無意義。四言：指四言詩。文約意廣：文字簡約，含義深廣。取效：取法，學習。風騷：指《詩經》和〈離騷〉。風，原指《詩經》中的〈國風〉，騷指屈原〈離騷〉，後世概稱我國優秀文學傳統的來源謂風騷。❷每苦兩句：每，常常。苦：不稱意之謂，苦於。文繁意少：文字繁多而內容鮮少，是文約意廣之反。罕習：很少寫作。❸五言兩句：文詞，指詩歌。要：關鍵，主宰。陸機〈文賦〉：「立片言而居要，乃一篇之警策。」眾作：各種詩歌體裁。如四言、五言、七言、雜言。滋味：詩歌內容與形式，思想與藝術諸方面均好，耐人咀嚼，回味無窮者，謂之有「滋味」。❹故云會於流俗：合於世俗。會：合也。流俗：世俗，一般人之嗜好。此處世俗無貶意。❺豈不以三句：指事造形，按事物本然，描繪其形象。窮情寫物：窮作者之情以摹寫外物。詳切：詳其情而切其要。

【譯文】

四言詩，文字簡約而含義深廣，若能效法十五〈國風〉和屈原〈離騷〉，便可多有所得。然而往往苦於文字繁雜而內容單薄，所以近代以來，很少有人學寫四言詩。五言詩是詩歌中最重要的體裁，是種種詩體中最有滋味的一種，因此說它迎合社會上一般人的趣味。在依事造形，窮情寫物方面，難道還有比五言詩更加詳盡切要的體裁嗎？

故詩有三義焉：一曰興，二曰比，三曰賦❶。文已盡而意有

餘，興也；因物喻志，比也；直書其事，寓言寫物，賦也。宏斯三義，酌而用之，幹之以風力，潤之以丹采，使味之者無極，聞之者動心，是詩之至也❷。若專用比興，則患在意深，意深則詞躓❸。若但用賦體，則患在意浮，意浮則文散，嬉成流移，文無止泊，有蕪漫之累矣❹。

【注釋】

❶詩有三義四句：《毛詩・序》云：「故詩有六義焉：一曰風，二曰賦，三曰比，四曰興，五曰雅，六曰頌。」按：風、雅、頌爲詩之體裁，賦、比、興謂詩之表現手法。此言賦、比、興者，言表現手法也。

❷宏斯三義七句：以賦比興三義，斟酌而使用，風力、丹采，兼而有之，則爲詩之至也。宏：廣，大，此處有擴大、包融之意。斯：此。三義：賦比興也。酌：斟酌，酌情而用。幹之以風力：以風力爲骨幹。潤之以丹采：以文采潤飾之。風力：這裡指文氣。丹采：指文采。味：體味，品賞。無極：無邊、無窮。至：頂點、極品。

❸專用比興三句：一味以比興爲詩，則詞義隱晦難明，是謂意深。詞躓：文字蹇礙，不順暢。

❹但用賦體六句：一味用賦體，則語無蘊藉，是謂意浮。文詞散緩，枝蔓蕪累，則詩亦無滋味矣。但：只，唯。嬉：嬉戲、玩樂。流移：流動遷移。指文章散漫，文意不集中。止泊：停留、停頓。文無止泊，即文體鬆散，下筆不能自休。蕪漫：蕪雜散漫。累：病也。

【譯文】

所以說詩歌的表現手法有三種：第一種叫興，第二種叫比，第三種叫賦。文章已盡而含義深遠，就是興；藉形象描寫來寄託思想的，就是比；直接刻劃事物，摹寫它的情狀的，就是賦。盡量採用這三種表現手法，根據寫作意圖因地制宜採用三種手法，以風力爲主幹，以文采來潤飾，使讀者趣味無窮，使聽眾心動神搖，是詩歌的最高境界。如果專門用比和興兩種手法，其弊端在於意思深奧難明，深奧難明往往文辭艱澀。如果一味採用賦體，其弊端在於意思直露淺顯，直露淺顯往往文字散漫，油滑浮泛，文章失去控制，這樣就顯出蕪雜枝蔓的毛病來。

若乃春風春鳥，秋月秋蟬，夏雲暑雨，冬月祁寒，斯四候之感諸詩者也❶。嘉會寄詩以親❷，離群託詩以怨❸。至於楚臣去境❹，漢妾辭宮❺；或骨橫朔野❻，或魂逐飛蓬❼；或負戈外戍，殺氣雄邊❽；塞客衣單，孀閨淚盡❾；或士有解佩出朝，一去忘返❿；女有揚蛾入寵，再盼傾國⓫。凡斯種種，感蕩心靈，非陳詩何以展其義？非長歌何以騁其情⓬？故曰：「詩可以群，可以怨⓭。」使窮賤易安，幽居靡悶，莫尚於詩矣⓮。

【注釋】

❶春風春鳥五句：謂自然季節之更替，引起詩人情感之起伏，詩歌由是而產生。《文心雕龍·物色》曰：「獻歲發春，悅豫之情暢；滔滔孟夏，鬱陶之心凝；天高氣清，陰沈之志遠；霰雪無垠，矜肅之慮深。歲有其物，物有其容，情以物遷，辭以情發。」祁：大也。四候：四季。❷嘉會寄詩以親：古人於賓主歡宴時，有互以詩贈答之習俗。李陵〈與蘇武詩三首〉之二，曰：「嘉會難再遇，三載爲千秋。」嘉會：盛會、宴會。親：親熱、親愛、親密。❸離群託詩以怨：古人於親人、友朋分別之際，互贈詩歌以釋思念之情。〈古詩十九首〉之一，曰「行行重行行，與君生別離。」怨：離恨。❹楚臣去境：楚臣指屈原。《史記·屈原賈生列傳》云：「屈原名平，爲楚懷王左徒，被讒，放逐於江南。」屈原作〈離騷〉，《史記·屈原賈生列傳》：「離騷者，猶離憂也。」❺漢妾辭宮：漢妾指王昭君。《漢書·元帝紀》云：「竟寧元年，匈奴呼韓邪單于來朝，賜單于待詔掖庭王嬙爲閼氏。」王昭君，名嬙。❻骨橫朔野：朔野，朔方之郊野。朔：指今陝西西北部及內蒙古一帶。王粲〈七哀詩〉：「出門無所見，白骨蔽平原。」❼魂逐飛蓬：曹植〈雜詩〉六首之二：「轉蓬離本根，飄搖隨長風。」又〈贈白馬王彪〉之五曰：「孤魂翔故城，靈柩寄京師。」魂：鬼魂。蓬：蓬草。❽負戈外戍，殺氣雄邊：負戈外戍，〈古樂府〉：「十五從軍征，八十始得歸。」負：肩負。外戍：守衛邊疆。殺氣：戰爭時凶險氛圍。雄：雄威。邊：邊塞、邊關、邊疆。❾塞客衣單，孀閨淚盡：塞客，赴邊塞之遊子。孀閨：閨中寡婦，其夫爲戰爭中死難者。❿士有解佩出朝兩句：解佩出朝，拋棄官職，退出仕途。佩：表明官階的飾物。解：除。⓫女有揚蛾入寵兩句：指漢武帝李夫人事。李夫人之兄李延年，在武帝前歌曰：「北方有佳人，絕世而獨立。一顧傾人城，再顧傾人國。寧不知傾城與傾國，佳人難再得。」事見《漢書·外戚列傳》。揚娥：揚與蛾均指眉。《詩經·齊風·猗嗟》：「美目揚兮。」《傳》：「好目，揚眉。」《疏》：「蓋以眉毛揚起，故名眉爲揚。」入寵：入朝受寵。傾國傾城：言貌美好。⓬非陳詩兩句：陳詩，古制也。古

代有采風之制，搜集民間詩歌陳獻於上。《禮記‧王制》：「命大師陳詩，以觀民風。」《注》：「陳詩，謂採其詩而視之。」展：展現。義：指思想感情。長歌：放聲高歌。騁：縱馬奔馳。引申爲奔放，謂感情奔放。⓭「詩可以群，可以怨」：《論語‧陽貨》：「子曰：小子何莫學夫詩？詩可以興，可以觀，可以群，可以怨。」鍾嶸取其二而言之。可以群：指詩歌有感染、振奮、鼓動人的作用。可以怨：指詩歌有諷刺不良政治的作用。⓮窮賤易安三句：窮賤，窮賤者。易安：善於安貧樂道。幽居：隱居，指隱居者。靡，無。尙：上也。

【譯文】

至於春風春鳥，夏雲暑雨，秋月秋蟬，隆冬嚴寒，這四季節候是會觸發詩人感情的。賓主歡宴以詩唱和來表達情誼；離群索居藉詩抒情來寄託怨愁。至於屈原被放逐，昭君離漢宮；還有骨横塞外，魂如轉蓬；還有執戟守邊，威振關山；遊子衾寒，寡妻淚乾；還有官吏掛冠隱退，去而不返；美女受寵入宮，爲其有傾國傾城之貌。諸如這種種悲歡離合，感動和激盪著詩人的心靈，不陳獻上詩歌怎麼能展現他們的思想，不高歌怎麼能暢達他們的感情呢？所以孔子說：「詩可以群，可以怨。」使人安貧而樂道，孤寂而無悶，沒有比詩更好的了。

故詞人作者，罔不愛好❶。今之士俗，斯風熾矣❷。纔能勝衣，甫就小學，必甘心而馳騖焉❸。於是庸音雜體，人各爲容❹。至使膏腴子弟，恥文不逮❺。終朝點綴，分夜呻吟❻。獨觀謂爲警策，眾睹終論平鈍❼。次有輕薄之徒，笑曹、劉為古拙❽；謂鮑照羲皇上人；謝朓今古獨步❾。而師鮑照，終不及「日中市朝滿❿。」學謝朓，劣得「黃鳥度青枝⓫。」徒自棄於高明，無涉於文流矣⓬。

【注釋】

❶詞人作者兩句：詞人，詩人。罔：無，莫。愛好：指愛好詩歌寫作。❷今之士俗兩句：士：指讀書人。俗：指一般俗人，附庸風雅者。斯風：指作詩之風氣。熾：熱烈。❸纔能勝衣三句：謂斯風之盛，無遺孩童。勝衣：兒童稍長，其體力剛能勝任衣服之重。甫：開始。就：就讀。小學：《漢書・食貨志》：「八歲，入小學，學六甲五方書計之事。」小學，指兒童之學。甘心：情願，樂意。馳騖：奔馳、追逐。❹庸音雜體，人各為容：庸音，平庸之音。雜體：雜亂之體。均指詩歌之拙劣者。「人各為容」：指所寫詩不成體統，不像樣子，隨心所欲，因人而異。人各為容一語在此有貶意。❺膏腴子弟，恥文不逮：膏腴子弟，富家子弟，亦稱膏粱年少。恥文不逮：以不會作詩為恥辱。逮：達到。❻終朝點綴，分夜呻吟：因恥文不逮而呻吟修改，無分日夜。終朝：整日。點綴：妝點。這裡指修改、潤色。分夜：半夜。呻吟：持續不斷的吟詠。❼獨觀兩句：謂自以為佳，而實際平鈍。獨觀：自己一個人看。警策：本指馬受鞭而悚動，引申為文章中精煉切要、詞義深妙之章句。眾睹：大家觀看。終：終於、最終。平鈍：平庸拙劣。❽次有輕薄之徒兩句：次有，還有。輕薄之徒：不穩重的人，信口雌黃者。笑：嗤笑。曹劉：指曹植、劉楨。古拙：古樸拙劣而無

文采。❾謂鮑照兩句：鮑照，字明遠，南朝宋著名詩人。羲皇：指上古傳說中之帝王伏羲氏。上人：職位高之統治者。馬王堆漢墓帛書《十大經》：「上人正一，下人靜之，正以待天，靜以待人。」按：陳延傑《詩品注》引《晉書・陶潛傳》，並謂「此蓋譏鮑詩之古質。」非也。此乃言鮑詩獨出眾人之上，猶若伏羲之出於人倫也。不然，下文「師鮑照」句何以解？又《詩品》卷中評鮑照云：「故言險俗者，多以附照」。蕭子顯《南齊書・文學傳論》言鮑照有云：「發唱驚挺，操調險急，雕藻淫豔，傾炫心魂，斯鮑照之遺烈也。」是知鮑詩並非古質，一也；鮑詩爲當時後進之士所仰慕，二也。故謂鮑照羲皇上人，非言其古質，而謂「輕薄之徒」之盲目推崇也。謝朓，字玄暉，南朝齊著名詩人。今古獨步：自古至今獨步詩壇。《詩品》卷中評謝朓云：「善自發詩端，而末篇多躓。此意銳而才弱也。至爲後進士子之所嗟慕。」鮑謝詩鍾嶸歸入中品，而「輕薄之徒」則譽爲詩中之羲皇，今古之獨步，不亦失當乎？而「師鮑照」、「學謝朓」，不過爾爾。宜其「自棄於高明」，「無涉於文流」也。❿師鮑照句：謂「輕薄之徒」師法鮑照，未逮「日中市朝滿」。「日中市朝滿」，見鮑照詩〈代結客少年場行〉。⓫學謝朓句：謂「輕薄之徒」學習謝朓，僅得「黃鳥度青枝」此等拙劣之句。「黃鳥度青枝」：見虞炎〈玉階怨〉詩。⓬徒自棄於高明兩句：徒，徒然。高明：「輕薄之徒」以爲之「高明」。指鮑照、謝朓。涉：涉足、踏進。文流：文學家之行列。

【譯文】

所以文人雅士，沒有不愛好詩歌的。當今的雅士俗人，作詩之風尤盛，尚在孩提，剛開始啓蒙，就躍躍欲試，樂於此道了。於是平庸之作，雜亂無章之體，就紛至沓來，相繼而出。甚至使得那些富家子弟，深怕詩寫不好，整天修改潤色，反復諷吟直至深夜。自己獨自觀看，認爲是佳句佳作；在別人看來仍是淺陋之作。更有一等不知天高地厚之徒，嗤笑曹植、劉楨的詩古樸拙劣；而認爲鮑照是詩中偉人，謝朓獨絕今古。但他們學鮑照，還趕不上「日中市朝滿」這樣的詩句；學謝脁僅得「黃鳥度青枝」這樣拙劣的詩句。只好說他們徒然有悖於高明，無緣進入文學家的行列了。

觀王公搢紳之士❶，每博論之餘❷，何嘗不以詩爲口實❸；隨其嗜欲❹，商榷不同❺。淄澠並泛❻，朱紫相奪❼，喧議競起，準的無依❽。近彭城劉士章，俊賞之士❾，疾其淆亂，欲爲當世《詩品》❿，口陳標榜⓫，其文未遂，感而作焉⓬。昔九品論人⓭，《七略》裁士⓮，校以賓實，誠多未值⓯。至若詩之爲技，較爾可知⓰，以類推之，殆均博奕⓱。

【注釋】

❶王公搢紳之士：亦輕薄之徒者流也。搢：插。紳：古之腰帶。搢紳：插笏版於腰帶間。舊時官吏之妝束。引申爲官宦之代稱。《晉書・典服志》云：「所謂搢紳之士者，插笏而垂紳帶者也。」搢，亦作縉。❷博論：猶言高談闊論。博：宏富、博學。❸口實：談資、話題。❹嗜欲：嗜好、欲望。❺商榷：商量、討論。不同：指對詩之優劣品味相異。❻淄澠並泛：淄、澠，二水名，均在山東省境內。舊說二水味異，合流則難辨。並泛：合流。❼朱紫相奪：朱爲正色，紫爲間色，有正邪之別。然二色相近，易於混淆。《論語・陽貨》：「子

曰：『惡紫之奪朱也，惡鄭聲之亂雅樂也，惡利口之覆邦家者。』」奪：侵奪。❽喧議競起，準的無依：謂識淺論雜，無的可依。喧議：雜亂無章之議論。準的：標準。依：依據。❾彭城劉士章兩句：彭城，今江蘇省銅山縣。劉士章：劉繪，字士章。南朝齊著作郎，中庶子。《詩品》列爲下品。俊賞之士：傑出的詩歌鑑賞家。❿疾其淆亂兩句：謂劉士章痛心世人品詩之淆亂而欲著《詩品》以正之。疾：厭惡、痛恨。淆亂：混亂。⓫口陳標榜：口頭陳說詩人之品屬。標榜：品評的意思。⓬其文未遂兩句：謂劉士章於當世詩人口頭已有品評，而其作未遂。鍾嶸有感於此而作《詩品》。遂：成功。⓭九品論人：東漢以後，社會上有品評人物之風氣，共設九品：上上、上中、上下，中上、中中、中下，下上、下中、下下。班固《漢書》有〈古今人表〉，舉古今人物，分爲九等。⓮《七略》裁士：班固《漢書・藝文志》云：「成帝時，詔劉向校經，傳諸子詩賦。向條其目，撮其指意，錄而奏之。會向卒，向子歆總群書，而奏《七略》。故有：〈輯略〉、〈六藝略〉、〈諸子略〉、〈詩賦略〉、〈兵書略〉、〈數術略〉、〈方技略〉。」其書已佚，清人有輯本。略：類。此謂品人、品詩古已有之，今沿襲耳。⓯校以賓實兩句：校，核對、核實。賓實：名實。《莊子・逍遙遊》：「名者，實之賓也。」值：名實相符謂值。未值：不相當，名不副實。⓰詩之爲技，較爾可知：技，技藝、技巧。較爾：明顯的樣子。較：比較。意謂詩以技藝爲之，一經比較，便見高下。⓱殆同博奕：殆，大概、庶幾。博奕：六博與圍棋。古代之戲具。《論語・陽貨》：「不有博弈者乎？」奕、弈通。

【譯　文】

看那批王公貴族之徒，每每在高談闊論之餘，何嘗不把詩歌作爲話題，隨著各人的興趣愛好，對詩歌提出種種不同的看法。一時間，是非難辨，良莠不分，喧喧嚷嚷爭論不休，連裁定的標準都沒有。近來，彭城的劉繪，是個優秀的詩歌鑑賞家，他痛感詩壇的混亂，想撰寫一部評論當代詩歌的《詩品》，雖然口頭上作過一些評論，但終於沒有成文。我有感於此而作《詩品》一書。從前有過九品論人的著作，《七略》也裁定過各類作家，核對一下品第和實際情況，實在不太恰當。說到詩歌，它是一種技藝，是好是壞，一經比較便可清楚，打個比喻來說，大致同下圍棋相仿。

方今皇帝，資生知之上才❶，體沈鬱之幽思❷，文麗日月❸，賞究天人❹。昔在貴遊❺，已爲稱首❻。況八紘既奄，風靡雲蒸❼，抱玉者聯肩，握珠者踵武❽。固以瞰漢、魏而不顧，吞晉、宋於胸中❾。諒非農歌轅議，敢致流別❿。嶸之今錄，庶周旋於閭里，均之於談笑耳⓫。

【注釋】

❶方今皇帝兩句：從「方今皇帝」至「吞晉、宋於胸中」，係鍾嶸對本朝歌功頌德之語，頗溢美焉。方今：猶言當今。皇帝：指梁武帝蕭衍。資：天資、天賦，作動詞用，天賦予。生知之上才：《論語・季氏篇》：「孔子曰：『生而知之者上也，學而知之者次也，困而學之，又其次也，困而不學，民斯爲下矣！』」生知，即生而知之者。上才：第一等天才。❷體沈鬱之幽思：體，體察。沈鬱：深沈鬱積，指文思而言。幽思：幽深的文思。❸文麗日月：《易・離》：「日月麗乎天，百穀草木麗乎土。」麗：附麗、依附。❹賞究天人：賞，欣賞、鑑賞。

究：窮究。天人：天人之理，自然和社會之理。❺昔在貴遊：《周禮・地官・師氏》：「凡國之貴遊子弟學焉。」鄭玄注：「王公之子弟遊無官司者。」南北朝時含義已有不同，貴遊一詞，義近貴族文學。《梁書・武帝紀》：「齊竟陵王開西邸，招文學，帝與沈約、謝朓、王融、蕭琛、范雲、任昉、陸倕並遊，號稱八友。」按：台灣學者王夢鷗著《古典文學論》一書，中有〈貴遊文學與六朝文體的演變〉，專文論及貴遊文學云：「『貴遊』一詞，早見於《周禮・地官・師氏》之文，鄭玄注釋貴遊子弟爲王公子弟之無官司者。其本來的涵義是指貴族少年；他們生活優裕而多閒暇，但未必皆與文學結緣。從前青木正兒先生在《中國文學思想史》使用『貴遊文學』一詞，以指宋玉以下一系列宮廷文士與侯門清客的文學，其涵義較可涵蓋此一事實，而大意尤切近於班固在《兩都賦・序》所指稱的『言語侍從之臣。』這些臣僚，雖不盡是出身於貴族，但以言語的技藝伺候當時對文學有興趣的貴人；上自天子，下及侯王，則是他們共同的職業性。因此，貴遊文學家可包括天子侯王以及言語之侍臣，而稍別於一般的士大夫。倘從其職業性考察，其來歷可遠溯至上古的祝巫卜史，唯其分化而獨立的時代，當在春秋之後，戰國之世」(該書第一二二頁)。錄此以供參考。❻已爲稱首：謂梁武帝爲當時貴族文學之首領。❼八紘既奄兩句：八紘，八方。《淮南子・原道》注：「八紘，天之八維也。」既：已經。奄：原意爲覆蓋，此引申爲天下統一。風靡雲蒸：亦作「風靡雲集」。《後漢書・馮異傳》：「方今英俊雲集，百姓風靡。」以風之所從，雲之蒸騰喻人材湧現，以佐君王。❽抱玉者聯肩兩句：曹植〈與楊德祖書〉云：「人人自謂握靈蛇之珠，家家自謂抱荊山之玉。」抱玉、握珠，均指才華出眾的文人。聯肩、踵武，皆謂人材輩出。❾固以瞰漢魏而不顧兩句：固，已然。瞰：俯視。不顧：不屑一顧。吞：包含。兩句謂：方今文壇之盛況，遠非漢、魏、晉、宋之所能比。皆溢美之辭也。❿諒非農歌轅議兩句：言當今文章之盛，勢在空前，非余之所敢評議者。農歌轅議：農夫之歌謠、趕車人之議論。爲鍾嶸自謙之辭，謂所著《詩品》，一似乎農歌轅議，未敢將當代詩人評論列品。此婉言謝絕之詞。⓫嶸之今錄三句：上文言，當今詩人，才高詞盛，未敢致流別。此言所品評者，亦均於閭里談笑之詞，不足以登大雅之堂。亦謙辭也。

【譯 文】

當今皇上，具有生而知之的第一流才幹，能體察深奧幽微的情思，文章如日月之麗天，鑑賞力可窮極人道天理。從前，已在貴族文學家之中，居於「竟陵八友」之首；何況現在天下統一，俊才輩出，才思敏捷、文章出眾的人一批接著一批地湧現。早已是闊步高視，不把漢、魏放在眼裡，氣吞山河，視晉、宋如草芥微末。鑑於上述盛況，確實不是我的不登大雅之堂的評論所敢於將他們入第歸品的。我現在的著作，大概只能流傳於鄉里街巷，等同於談笑而已。

一品之中，略以世代爲先後，不以優劣爲詮次❶。又其人既往，其文克定❷。今所寓言，不錄存者❸。夫屬詞比事，乃爲通談❹。若乃經國文符，應資博古❺；撰德駁奏，宜窮往烈❻。至乎吟詠情性，亦何貴於用事❼？「思君如流水」，既是即目❽；「高臺多悲風」，亦惟所見❾；「清晨登隴首」，羌無故實❿；「明月照積雪」，詎出經、史⓫。觀古今勝語，多非補假，皆由直尋⓬。顏延、謝莊，尤爲繁密⓭。於時化之。故大明、泰始中⓮，文章殆同書鈔⑮。

【注釋】

❶一品之中三句：此屬編纂凡例。一品之中，唯以時代爲先後，不以優劣爲次第，然評語自顯優劣也。詮次：選擇和編排。❷其人既往，其文克定：人逝世之後，文章才能蓋棺論定。既往：已去世。克：能。❸今所寓言，不錄存者：寓言，寄言於《詩品》之中。存者：指活著的詩人。❹屬詞比事，乃爲通談：連綴文詞，排列史實，謂之屬詞比事。這裡屬詞指寫文章；比事指用典故。通談：常談。❺經國文符，應資博古：經國文符，指治理國家大事的文書、文告。符：屬「符命」一類文體。資：用。博古：鴻博古雅。指文中徵引典故。❻撰德駁奏，宜窮往烈：撰德，陳述德行。駁：指駁議。奏：指奏疏。均爲臣下呈獻皇帝之公文。此兩種公文應盡量稱引古人事迹，以增強說服力。窮：窮盡。往烈：以往之功績。❼吟詠情性兩句：詩以抒情言志爲宗旨，自不當以用事爲貴。用事：詩文中的典故。❽「思君如流水」，既是即目：「思君如流水」，徐幹〈室思〉中詩句。即目：目之所及，在眼前。即：及也。❾「高臺多悲風」，亦惟所見：「高臺多悲風」，曹植〈雜詩〉中詩句。亦惟所見：也是眼前所見。❿「清晨登隴首」，羌無故實：「清晨登隴首」，據《北堂詩鈔》引張華詩：「清晨登隴首，坎壈行山難。」羌：發語詞，無實義。故實：典故。⓫「明月照積雪」，詎出經史：「明月照積雪」，謝靈運〈歲暮〉中詩句。詎：豈。經史：中國古籍分經史子集四部，舊時詩文用典，多出自四部。⓬觀古今勝語三句：謂古來佳句佳作，皆自出胸臆，非引自經史。勝語：名句、佳句。補假：補綴、假借。拼湊前人語句和典故。直尋：直抒胸臆。⓭顏延、謝莊，尤爲繁密：謂顏延之、謝莊作詩，擅用典使事，故云「尤爲繁密」。繁密：繁雜，細密。指用典頻繁。顏延之省爲顏延，是受駢文格律限制所致。⓮大明：宋孝武帝年號，西元四五七～四六四年。泰始：宋明帝年號，西元四六五～四七一年。⓯書鈔：鈔書。

【譯文】

在同一品第中，人名的排列大致上以時代先後爲次序，不以成就的高低爲標準。另外，只有人死之後，作品方能蓋棺論定，因而，入品的作家，沒有活著的。寫作這件事，需要遣詞造句，組織史實材料，這是一般的道理。至於像治國的文章符命，應當博採故實；稱頌偉大德行的駁奏文告，理應盡量追溯過去的功績。但是以吟詠性情爲主的詩歌，爲什麼要以用典爲貴呢？比如像：「思君如流水」，已經像是在眼前；「高臺多悲風」，也像親眼所見；「清晨登隴首」，並不曾用典；「明月照積雪」，出於何經、何史？統觀古往今來名句名篇，絕大多數不用前人成語和拼湊典故，都是自出胸臆，直抒感受。顏延之和謝莊，用典更爲繁瑣、細密。隨著時代的發展，愈演愈烈。到了大明、泰始年間，寫詩已經幾乎同鈔書無異。

近任昉❶、王元長等❷，詞不貴奇，競須新事❸。爾來作者，寖以成俗❹，遂乃句無虛語，語無虛字，拘攣補衲，蠹文已甚❺。但自然英旨，罕值其人❻。詞既失高，則宜加事義❼，雖謝天才，且表學問，亦一理乎❽！

【注釋】

❶任昉：字彥升，南朝梁文學家。《詩品》列爲中品，評曰：「既博物，動輒用事，所以詩不得奇。」❷王元長：王融，南朝齊文學家。《詩品》列爲下品。❸詞不貴奇，競須新事：謂

作詩不貴新奇，競相爭用新典。競：爭逐。須：資、用。新事：用典刻意求新。❹爾來作者，寖以成俗：謂近時以來之作者，習以用典爲俗。爾來：近來。寖：滲透，浸入。俗：習俗。❺句無虛語四句：「句無虛語，語無虛字」，謂句句用典，語語用典，義同宋黃山谷論詩語：「無一字無來處」。虛語、虛字：沒有出處的語、字。拘攣：拘束、拘禁，即不自然。補衲：補綴。拘攣補衲：略同《南齊書・文學傳論》所云「緝事比類，非對不發，博物可嘉，職成拘制。或全借古語，用申今情，崎嶇牽引，直爲偶說」之意。蠹文：毒害詩文。❻自然英旨，罕値其人：謂用事蠹文，自然英旨，了無其人也。自然英旨：自然清新的精美詩作，指詩之眞美。罕値：很少遇到。❼詞既失高，則宜加事義：謂詩既失其眞美，無妨添加典實。詞：指詩作。高：高明。事義：典故與義理。❽雖謝天才三句：言雖無作詩之天才，故以學問爲長，亦一途也。謝：絕、辭別。且：姑且。此爲揶揄之詞也。

【譯文】

近來，任昉、王融等人，作詩不以創新爲貴，卻競相追求用典的新穎、奇僻。近來的作者，漸漸形成一種風氣。於是，句無不典，語無己意，牽強附會，拼湊餖飣，把詩風敗壞得不像樣子。只是自然清新的精美詩作，再也沒有人寫得出了。既然寫不出高妙的詩作，那麼就添加典故義理；雖然缺乏天才，姑且賣弄一下學問，也可以說是主張用典的一條理由吧！

陸機《文賦》，通而無貶❶；李充《翰林》，疏而不切❷；王微《鴻寶》，密而無裁❸；顏延論文，精而難曉❹；摯虞《文志》，詳而博贍，頗曰知言❺。觀斯數家，皆就談文體，而不顯優劣❻。至於謝客集詩，逢詩輒取❼；張騭《文士》，逢文即書❽。諸英志錄，並義在文，曾無品第❾。嶸今所錄，止乎五言。雖然，網羅今古，詞文殆集❿。輕欲辨彰清濁，掎摭病利⓫，凡百二十人⓬。預此宗流者，便稱才子⓭。至斯三品升降，差非定制⓮，方申變裁，請寄知者耳⓯。

【注釋】

❶陸機〈文賦〉，通而無貶：李善注《文選》卷十七引臧榮緒《晉書》云：「(陸)機妙解情理，心識文體，故作〈文賦〉。」許文雨《文論講疏》云：「陸機〈文賦〉，妙解情理，心識文體，自可謂之通矣。但仲偉謂其『無貶』，則殊不見然。〈賦〉中明有：『雖應而不和』，『雖和而不悲』，『雖悲而不雅』，『既雅而不豔』云云，即區分褒貶之徵也。」按：通，謂〈文賦〉妙解情理，通論文章之作法。無貶，指未曾涉及作家、作品之品第褒貶。「雖和而不應」云云，仍通論文章作法，非屬人文之褒貶也。鍾說是。無貶：曾無褒貶。❷李充《翰林》，疏而不切：李充，字弘度，東晉初江夏人。《翰林》：李充作《翰林論》五十四卷，全書早亡佚，《全晉文》輯錄數條。疏：粗也。不切：不切要、不精當。❸王微《鴻寶》，密而無裁：王微，字景玄，南朝宋詩人。《詩品》入中品。《隋書．經籍志》載王微著《鴻寶》十卷，書今不傳。密而無裁：雖細密，然於詩人亦無品第裁定。❹顏延論文，精而難曉：顏延之著〈庭誥〉，其中有論文

之語。難曉：難明。❺摯虞《文志》三句：據《隋書・經籍志》：「《文章志》四卷，摯虞撰。」今已佚。博贍：博大豐富。知言：《孟子・公孫丑上》云：「敢問夫子惡乎長？曰：我知言。……何謂知言？曰：詖辭知其所蔽，淫辭知其所陷，邪辭知其所離，遁辭知其所窮。」知言，指善於分析言辭、文章。❻就談文體，不顯優劣：即上文所謂「通而無貶。」❼謝客集詩，逢詩輒取：據《隋書・經籍志》，謝靈運有《詩集》五十卷、《詩集鈔》十卷、《詩英》九卷。均已亡佚。輒：便，就。❽張騭《文士》，逢文即書：《隋書・經籍志》載：「《文士傳》五十卷，張隱撰。」隱字疑騭字之誤。其書已佚。書：書寫、鈔寫。❾諸英志錄三句：謂謝客、張騭諸人之撰著眼於文章本身，亦無品第。諸英：幾位傑出人士。志錄：記錄。並義在文：謂諸書之宗旨在於文章。❿嶸今所錄五句：謂《詩品》之作，只評五言詩人，然並非限於當今，而古今五言詩人均集而評焉。網羅：搜羅。⓫輕欲辨彰清濁兩句：謂《詩品》之作，欲顯優劣，明利弊，非通而無貶也。輕：輕率地，自謙之詞。辨彰：辨明。彰：彰明。清濁：優劣。掎摭：指摘。曹植〈與楊德祖書〉云：「劉季緒才不逮作者，而好詆訶文章，掎摭利病。」病利：利弊。⓬凡百二十人：凡，總計。《詩品》上品列十一人，中品三十九人，下品七十二人，共計一百二十二人。所云百二十人，就其整數言爾。⓭預此宗流者兩句：謂能入品者，均爲才士。預：參與、進入。宗流：流派。此處蓋指上、中、下三品。⓮三品升降，差非定制：嶸意上中下三品或升或降，本無定制，故請寄知者。按《詩品》中、下二品中人，時有斟酌。如：評張華曰：「今置之中品，疑弱；處之下科，恨少。在季、孟之間耳。」評郭泰機等五人曰：「吾許其進，則鮑照、江淹，未足逮止。越居中品，僉曰宜哉。」下品評戴逵曰：「安道詩雖嫩弱，有清上之句，裁長補短，袁彥伯之亞乎？」差：略、尚。定制：一定的制度，不可更動的規定。范曄《後漢書・胡廣傳》：「蓋選舉因才，無拘定制。」⓯方申變裁兩句：方，將也。《詩經・秦風・小戎》：「方何爲期，胡然我念之？」朱熹《詩集傳》云：「將以何時爲歸期乎？」申：表明。變裁：改變裁定。寄：寄託。知者：知音者。嶸意以爲：三品之定，實一家之見，將來有申明變裁者，則託諸來賢。

【譯文】

陸機的〈文賦〉，通論寫作方法而無作家作品的褒貶；李充的《翰林論》，粗略而未必精切；王微的《鴻寶》，雖然細緻但不加裁奪；顏延之論述文學的話，縱然精微，卻又意思難於理解；摯虞的《文章志》，詳盡宏富，可以說是善於鑑別文詞。統觀以上數家之作，都就文體本身發表看法，而不表明作家作品的高低優劣。至於說到謝靈運搜錄的詩集，見詩便收；張騭的《文士傳》，逢文就錄。這些傑出人物的著作，宗旨都在文章本身，不曾有所品評。我的著作所收錄的，只限於五言詩人。儘管如此，已將古往今來的五言詩人全都搜集起來。不揣冒昧地想辨明優劣，批評好壞，共計一百二十餘位詩人。能夠入品的都可稱爲才子。至於上、中、下三品的升降變化，還不能說是固定不變的；將來表明有需要調整的，但願拜託眞正的詩歌評論家了。

昔曹、劉殆文章之聖，陸、謝爲體貳之才❶，銳精研思❷，千百年中，而不聞宮商之辨，四聲之論❸。或謂前達偶然不見❹，豈其然乎！

【注釋】

❶昔曹劉兩句：曹劉，指曹植、劉楨。聖：聖人。《詩品》評曹植：「陳思之於文章也，譬人倫之有周、孔。」評劉楨：「自陳思已下，楨稱獨步。」又「孔氏之門如用詩，則公幹升

堂，思王入室。」　體貳：《文選》李康〈運命論〉云：「雖仲尼至聖，顏、冉大賢，揖讓於規矩之內，誾誾於洙泗之上，不能遏其端。孟軻、孫卿體貳希聖，從容正道，不能維其末。」《五臣注》張銑曰：「孟、孫二子體法顏、冉，故云體貳。」此處則指陸機、謝靈運體法曹植、劉楨文章之二聖。體：體法、學習。❷銳精研思：精心鑽研。謂曹、劉、陸、謝銳精研思。❸宮商之辨，四聲之論：古代音分宮、商、角、徵、羽；聲別平、上、去、入，謂之五音、四聲。❹或謂前達偶然不見：《宋書·謝靈運傳論》：「夫五色相宣，八音協暢，由乎玄黃律呂，各適物宜，欲使宮羽相變，低昂互節，若前有浮聲，則後須切響。一簡之內，音韻盡殊；兩句之中，輕重悉異。妙達此旨，始可言文。……自騷人以來，此祕未睹。至於高言妙句，音韻天成，皆暗與理合，匪由思至。張、蔡、曹、王，曾無先覺；潘、陸、謝、顏，去之彌遠。」　按：鍾嶸謂「或謂前達偶然不見」，蓋指此耶？前達：從前的賢達之士。

【譯　文】

前代的曹植和劉楨可以稱之爲文章中的聖人，陸機和謝靈運是效法二聖的亞聖之才。前人對於詩歌之道精研深思，但千百年來從未聽說他們談論過五音之別，四聲之論。也許說是由於從前的賢士達人偶然沒有發現，難道眞是這樣嗎？

嘗試言之：古曰詩頌，皆被之金竹❶，故非調五音，無以諧會❷。若「置酒高堂上」❸，「明月照高樓」❹，爲韻之首。故三祖之詞，文或不工，而韻入歌唱，此重音韻之義也❺。與世之言

宮商異矣❻。今既不被管弦，亦何取於聲律耶❼？齊有王元長者，嘗謂余云：「宮商與二儀俱生❽，自古詞人不知之。唯顏憲子乃云律呂音調❾，而其實大謬❿；唯見范曄、謝莊，頗識之耳⓫。嘗欲進《知音論》，未就。」

【注釋】

❶古曰詩頌兩句：謂古之詩歌皆入樂歌唱，故須調五音、辨四聲也。詩頌：《禮記・樂記》云：「弦歌詩頌，此之謂德音。」孔穎達《疏》：「弦歌詩頌者，謂以琴瑟之弦，歌此詩頌也。」頌，詩之一體。金竹：《禮記・樂記》：「金石絲竹，樂之器也。」以樂器多為金竹之屬故。被：加。❷非調五音，無以諧會：不以商、宮、角、徵、羽五音相調配，則難以和諧組曲也。諧會：和諧。❸「置酒高堂上」：阮瑀〈雜詩〉中句。❹「明月照高樓」：曹植〈七哀詩〉中句。❺故三祖之詞四句：謂三祖之詩作，依世俗之聲律要求，亦不得謂工，然亦可入樂歌唱，已屬重音韻矣。三祖：指魏太祖曹操，魏高祖曹丕，魏列祖曹叡。不工：指不精雕細刻，不拘泥四聲八病。韻入歌唱：其詩歌能入樂。❻世之言宮商：指沈約等倡言四聲八病者。❼今既不被管弦兩句：謂今之詩歌已不入樂，則於聲律何取？管絃：指樂器，多為絲竹之屬，故曰管弦。聲律：聲調和音律。❽二儀：《周易・繫辭・傳》：「是故易有太極，是生兩儀。」兩儀即二儀，謂天地也。❾律呂音調：古代正樂律之器。分陰陽各六，陽六為律，陰六為呂。六律是：黃鐘、太簇、姑洗、蕤賓、夷則、無射。六呂是：大呂、夾鐘、仲呂、林鐘、南呂、應鐘。合稱十二律，或律呂。❿大謬：大錯。⓫唯見句：言范曄、謝

莊頗識音律。《宋書‧范曄傳》：「性別宮商，識清濁，斯自然也。觀古今文人，多不全瞭此處。縱有會此者，不必從根本中來。言之皆有實證，非爲空談。年少中，謝莊最有其分。」范曄：南朝宋史學家、詩人，著有《後漢書》。謝莊：南朝宋文學家、詩人。此二人《詩品》均列爲下品。

【譯　文】

不妨試著談談：古人說「弦歌詩頌」，詩都入樂歌唱，所以不調五音就無法和諧悅耳。像「置酒高堂上」、「明月照高樓」這樣的詩句，都是講究聲韻的典範了。曹操、曹丕、曹叡的詩篇，字句或許不如當代人要求的那樣工整切律，卻照樣可以入樂吟唱，這已經是注重聲韻的意思了，只是與目前社會上講的四聲八病是兩回事。現代的詩歌已經不再配樂歌唱，又何必還要斤斤計較於聲律呢？齊代的王融曾經對我說：「宮、商、角、徵、羽五音，與天地並生，古來詩人都不知道；只有顏延之才談過聲律音韻，其實他也談得錯誤百出。只有范曄、謝莊，才懂得一些。曾經打算撰寫《知音論》，但未實現。」

王元長創其首，謝朓、沈約揚其波❶，三賢或貴公子孫，幼有文辯❷。於是士流景慕❸，務爲精密，襞積細微，專相陵架❹。故使文多拘忌，傷其眞美❺。余謂文製❻，本須諷讀，不可蹇礙❼，但令清濁通流，口吻調利，斯爲足矣。至平上去入，則余病

未能，蜂腰鶴膝，閭里已具❽。

【注釋】

❶王元長創其首兩句：謂王融創四聲八病之說，謝朓、沈約推波助瀾。《南史・陸厥傳》云：「永明末，盛爲文章。吳興沈約、陳郡謝朓、琅琊王融，以氣類相推轂。汝南周顒，善識聲韻，爲文皆用宮商，以平上去入爲四聲，且以之制韻。」沈約，字休文，南朝梁詩人，「永明體」之領袖人物，《詩品》列爲中品。揚其波：屈原〈九歌・少司命〉：「與女遊兮九河，沖風至兮水揚波。」揚波言波濤翻滾。此謂謝朓、沈約推波助瀾，聲勢益壯。❷三賢或貴公子孫兩句：三賢，指王融、謝朓、沈約。貴公子孫：王公貴族之子弟輩，爲當代趨時騖新之後進士子。文辯：文章和辯才。《南齊書・王融傳》：「融少而神明警惠，博涉有文才。……上以融才辯。」《南齊書・謝朓傳》：「朓少好學，有美名，文章清麗。」《梁書・沈約傳》：「聰明過人，好墳籍，聚書至二萬卷，京師莫比。」❸景慕：景仰羨慕。❹務爲精密三句：務，專心致之。精密：爲詩嚴於聲律。襞積細微：衣裙上之褶襉甚爲細緻綿密。以喻聲律煩瑣。陵架：超越而上。❺文多拘忌，傷其眞美：謂講究聲病之弊，使詩歌拘束做作，傷害自然之美。拘忌：拘束、限制。❻文製：文章。此指詩歌。❼蹇礙：滯頓、阻塞。❽平上去入四句：四句闡沈約聲律之說也。《詩品》卷中評沈約云：「見重閭里。」蜂腰鶴膝：詩歌聲病二種。沈約論詩歌聲病有八：一曰平頭，二曰上尾，三曰蜂腰，四曰鶴膝，五曰大韻，六曰小韻，七曰旁紐，八曰正紐。五言詩一句之中，第二字不得與第五字同聲，言兩頭粗中央細，是爲蜂腰。五言詩第五字不得與第十五字同聲，言兩頭細中央粗，是謂鶴膝。

【譯文】

王融首創其事，謝朓、沈約推波助瀾，王、謝、沈三位賢達和其他貴族子弟，從小有文章，辯才之名，於是文人學士之輩追慕景仰，詩律越來越綿密煩瑣，猶如褶襉重疊，競相爭勝。使詩歌禁忌甚多，傷害了詩歌的自然之美。我認爲，詩歌之作，原本是爲了吟誦的，不可弄得詰屈聱牙，只須輕重流暢，出口爽利，就應滿足了。至於平上去入，我自愧不懂，蜂腰鶴膝，早已見諸民歌俚謠了。

陳思贈弟❶，仲宣〈七哀〉❷，公幹〈思友〉❸，阮籍〈詠懷〉❹，子卿雙鳧❺，叔夜雙鸞❻，茂先寒夕❼，平叔衣單❽，安仁倦暑❾，景陽苦雨❿，靈運〈鄴中〉⓫，士衡〈擬古〉⓬，越石感亂⓭，景純詠仙⓮，王微風月⓯，謝客山泉⓰，叔源離宴⓱，鮑照戍邊⓲，太沖〈詠史〉⓳，顏延〈入洛〉⓴，陶公〈詠貧〉之製㉑，惠連〈擣衣〉之作㉒。斯皆五言之警策者也。所以謂篇章之珠澤，文采之鄧林㉓。

【注釋】

❶陳思贈弟：指曹植〈贈白馬王彪詩〉。❷仲宣〈七哀〉：指王粲〈七哀詩〉。❸公幹思友：指劉楨〈贈徐幹詩〉。中有「思子沈心曲，長歎不能言」之句。❹阮籍〈詠懷〉：阮籍有〈詠懷〉八十二首。❺子卿雙鳧：蘇武，字子卿。《古文苑》載蘇武〈別李陵詩〉云：「雙鳧俱北飛，一鳧獨南翔。」❻叔夜雙鸞：嵇康，字叔夜。其〈贈秀才入軍〉一詩中有「雙鸞匿景曜」之句。❼

茂先寒夕：張華，字茂先。其〈雜詩〉中有「繁霜降當夕」之句。❽平叔衣單：何晏，字平叔。〈衣單詩〉已佚。❾安仁倦暑：潘岳，字安仁。其〈在懷縣作詩二首〉中有句云：「初伏啓新節，隆暑方赫羲。」「我來冰未泮，時暑忽隆熾」等句。❿景陽苦雨：張協，字景陽。其〈雜詩〉中有「飛雨灑朝蘭」、「密雨如散絲」等句。⓫靈運〈鄴中〉：謝靈運有〈擬魏太子鄴中集詩〉八首。⓬士衡〈擬古〉：陸機有〈擬古詩〉十二首。⓭越石感亂：劉琨〈扶風歌〉、〈重贈盧諶〉等詩，皆感亂之作。感亂：有感於時亂。⓮景純詠仙：郭璞有〈遊仙詩〉十四首。⓯王微風月：王微〈風月詩〉已佚。⓰謝客山泉：指謝靈運山水詩。⓱叔源離宴：謝混有〈送二王在領軍府集詩〉，結句云：「樂酒輟今辰，離端起來日。」⓲鮑照戍邊：鮑照〈代出自薊北門行〉爲詠戍邊之作。⓳太沖〈詠史〉：左思有〈詠史詩〉八首。⓴顏延入洛：顏延之有〈北使洛〉詩。㉑陶公〈詠貧〉之製：陶淵明有〈詠貧士詩〉七首。㉒惠連〈擣衣〉之作：謝惠連有〈擣衣詩〉。㉓篇章之珠澤兩句：上述者爲五言詩中之佳作也。珠澤：《穆天子傳》：「天子北征，舍於珠澤。」原注：「此澤出珠，因名之云。」鄧林：《山海經・海外北經》：「夸父與日逐走，入日，……棄其杖，化爲鄧林。」鄧林，即桃林。

【譯　文】

曹植的〈贈白馬王彪詩〉，王粲的〈七哀詩〉，劉楨的思友之作，阮籍的〈詠懷〉八十二首，蘇武的〈別李陵詩〉，嵇康的〈贈秀才入軍〉詩，張華的〈雜詩〉，何晏的「衣單」之詠，潘岳的「倦暑」之歎，張協的「苦雨」詩，謝靈運的〈鄴中〉詩，陸機的〈擬古詩〉，劉琨的〈扶風歌〉，郭璞的〈遊仙詩〉，王微的「風月」，靈運的「山水」，謝混的感傷「離宴」，鮑照的慨歎「戍邊」，左思的〈詠史〉篇，顏延之的〈北使洛〉章，淵明的〈詠貧士〉，謝惠連的〈擣衣詩〉。這些作品都是五言詩中的佳作。可以稱之爲詩歌長河中的珠寶，文學領域中的精品。

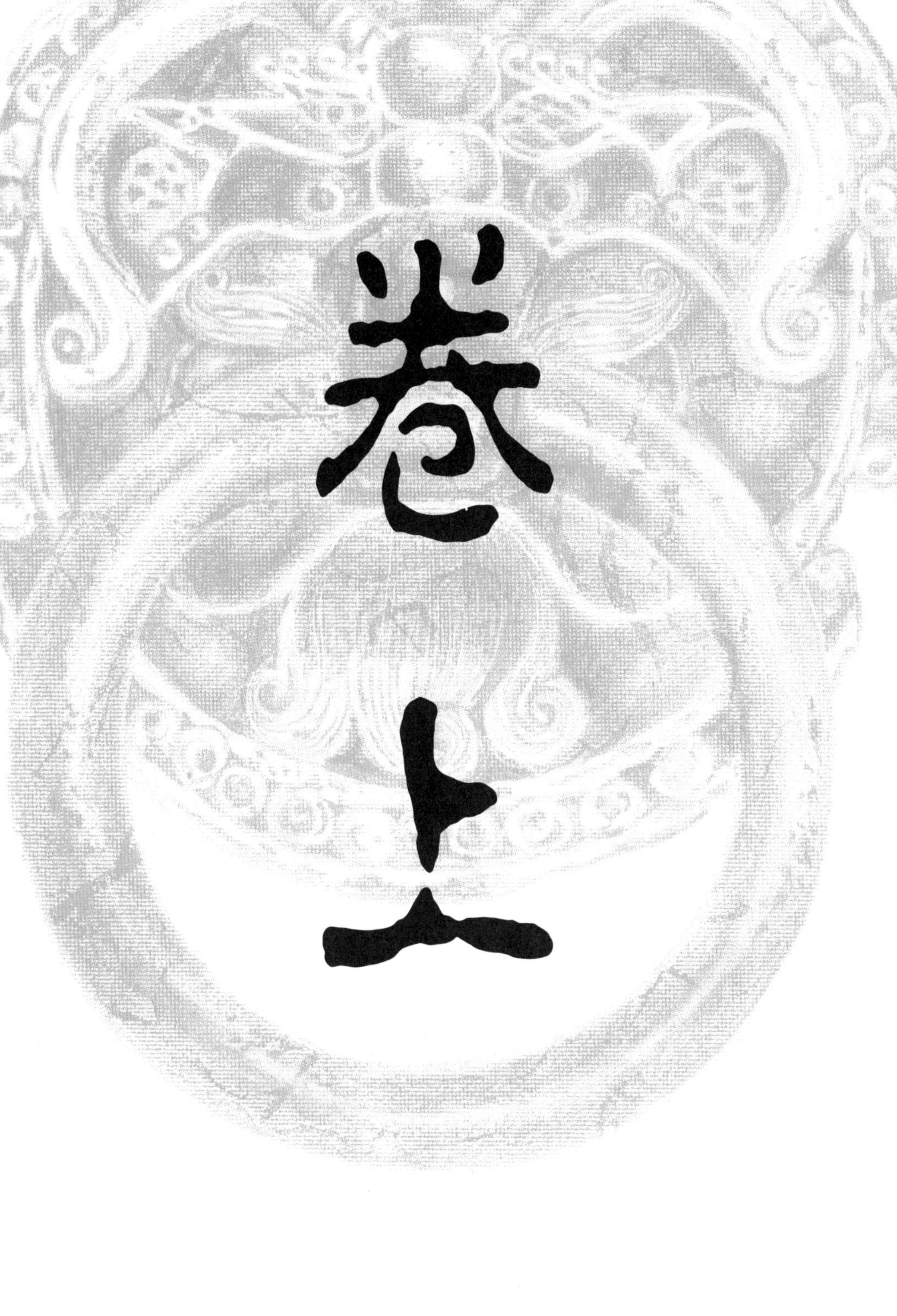

卷上

古詩

【導讀】

古詩，是南北朝時代的文論家對兩漢以來無名氏五言詩的概稱。

梁劉勰在《文心雕龍．明詩》中說「古詩佳麗，或稱枚叔，其〈孤竹〉一篇，則傅毅之詞。比采而推，兩漢之作乎？」鍾嶸〈詩品序〉認爲：「古詩眇邈，人世難詳。推其文體，固是炎漢之製，非衰周之倡也。」

梁蕭統編纂《昭明文選》，選定十九首古詩，編爲一組，始有「古詩十九首」之名稱。陳代徐陵編《玉臺新詠》一書，首列〈古詩八首〉，另有枚乘〈雜詩〉九首，篇目大同小異，而又互有出入。可以推想，當時流傳的古詩爲數尚多，各家擇其善者編次入書。關於古詩的內容，清．沈德潛在《古詩源》中說：「大率逐臣棄婦，朋友闊絕，死生新故之感，或寓言，或顯言，反覆低迴，抑揚不盡，使讀者悲感無端，油然善入。」

〈古詩十九首〉無論在思想內容上，還是藝術成就上，都堪稱爲古詩的代表作。

其體源出於國風❶。陸機所擬十四首❷。文溫以麗，意悲而遠❸。驚心動魄，可謂幾乎一字千金❹！其外，〈去者日以疏〉四十五首，雖多哀怨，頗爲總雜❺。舊疑是建安中曹、王所製❻。〈客從遠方來〉、〈橘柚垂華實〉❼，亦爲驚絕矣❽！人代冥滅，而清音獨遠，悲夫❾！

【注釋】

❶其體源出於國風：《詩經》三百，若以體裁分，則可分爲風、雅、頌三類。風，即國風，共有十五國風。國風中的絕大多數詩篇來自民間，故其詩自然、樸實，富有情韻。明王世懋《藝圃擷餘》稱：「十九首，五言之《詩經》也。」明許學彝《詩源辨體》卷三云：「漢魏五言，源於國風，而本乎情，故多託物興寄，體制玲瓏，爲千古五言之宗。」又曰：「〈古詩十九首〉，鍾嶸謂『其體源出於國風』，劉勰謂『宛轉附物，怡悵切情』，是也。」源：來源、淵源。

❷陸機所擬十四首：梁蕭統《昭明文選》卷三十，有陸機〈擬古詩〉十二首。所擬十二首計有：〈古詩十九首〉中十首，《玉臺新詠》署名枚乘作一首，另有擬〈東城一何高〉一首。此外二首無考。明胡應麟《詩藪》內編卷二說：「擬十九首，自士衡諸作，語已不倫。」按：所謂「陸機所擬十四首」，非指陸機擬作，乃指擬作所依據之原詩十四首。

❸文溫以麗，意悲而遠：謂古詩文詞溫厚典麗，意蘊悲愴清遠。明胡應麟《詩藪》內編卷二云：「古詩軌轍殊多，大要不過二格：以和平、渾厚、悲愴、婉麗爲宗者，……有以高閒、曠逸、清遠、玄妙爲宗者。」溫：溫厚。麗：典麗，麗則。漢揚雄《法言・吾子》曰：「詩人之賦麗以則，詞人之賦麗以淫。」

華麗而不失其正謂之麗則。意悲而遠：胡應麟《詩藪》內編卷二：「詩之難，其十九首乎！畜神奇於溫厚，寓感愴於和平，意愈淺愈深，詞愈近愈遠。」以：連詞，而、和。❹一字千金：秦相呂不韋使門客著《呂氏春秋》。書成，公布於咸陽城門，聲言有能增刪一字者，賞以千金。這裡是說古詩凝煉渾成，字字珠璣，不可改易一字的意思。❺其外三句：〈去者日以疏〉爲〈古詩十九首〉之第十四首。「四十五首」未詳所指，可能大多已亡佚。其外：除此以外。總雜：龐雜。❻舊疑句：前人懷疑建安時曹植、王粲所作。製：製作，作品。❼〈客從遠方來〉、〈橘柚垂華實〉：均見古詩。❽驚絕：拍案叫絕之意。❾人代冥滅三句：人代冥滅，即鍾嶸《詩品・序》所謂：「古詩眇邈，人世難詳」之意。清音獨遠，即留芳百世之意。此句意謂作品久遠，遺響未絕，作者難詳，深爲憾事。冥：久遠、渺茫。滅：絕。清音：清奇之音。悲夫：遺憾、感慨之詞。

【譯文】

古詩之體來源於《詩經・國風》。陸機還曾擬作過十四首。文詞溫厚而流麗，意境悲切而深遠。讀來令人驚心動魄，眞所謂幾乎達到一字千金的程度！此外，還有〈去者日以疏〉等四十五首，雖然也很哀怨動人，而內容不免龐雜，從前人懷疑它是建安時代的曹植、王粲所作。其中〈客從遠方來〉、〈橘柚垂華實〉兩首，也令人拍案叫絕！其爲何人何時所作，已無從考查，而能遺響不絕，可歎啊！

【附錄】

古詩十九首

選四首

行行重行行，與君生別離。相去萬餘里，各在天一涯。
道路阻且長，會面安可知？胡馬依北風，越鳥巢南枝。
相去日已遠，衣帶日已緩。浮雲蔽白日，遊子不顧返。
思君令人老，歲月忽已晚。棄捐勿復道，努力加餐飯！

青青河畔草，鬱鬱園中柳。盈盈樓上女，皎皎當窗牖。
娥娥紅粉妝，纖纖出素手。昔爲娼家女，今爲蕩子婦。
蕩子行不歸，空牀難獨守。

生年不滿百，常懷千歲憂。晝短苦夜長，何不秉燭遊？
爲樂當及時，何能待來茲？愚者愛惜費，但爲後世嗤。
仙人王子喬，難可與等期！

孟冬寒氣至，北風何慘慄。愁多知夜長，仰觀眾星列。
三五明月滿，四五蟾兔缺。客從遠方來，遺我一書札。
上言長相思，下言久離別。置書懷袖中，三歲字不滅。

一心抱區區，懼君不識察。

李陵

漢・都尉

【導讀】

李陵，字少卿，漢代名將李廣之孫。曾任騎都尉。天漢年間，率領步卒五千人，攻打匈奴，槍盡彈絕而投降匈奴，匈奴封爲右校王。

相傳李陵有〈與蘇武詩三首〉，昭明已錄諸《文選》，後人疑其僞。略早於鍾嶸的劉勰，在《文心雕龍・明詩》中已說：「成帝品錄，三百餘篇……而詞人遺翰，莫見五言，所以李陵、班婕妤見疑於後代也。」然鍾嶸《詩品》仍列爲上品。明人許學彝《詩源辨體》卷三第五十一條力爲之辯，曰：「《左氏傳》子長不及見，《漢書》所載而《史記》有弗詳者，正以當時書籍未盡出故耳。由是言之，成帝品錄而不及蘇李，又何疑焉？東坡嘗謂『蘇李之天成』，是矣。」

按：許氏《詩源辨體》之作，主要是從體裁形式和藝術風格方面論述歷代詩歌之發展演變，非有力證而僅從語言文字之風格認定蘇李詩之非後人僞作，似難令人信服。

其源出於楚辭❶。文多悽愴，怨者之流❷。陵，名家子，有殊才❸，生命不諧，聲頹身喪❹。使陵不遭辛苦，其文亦何能至此❺！

【注釋】

❶其源出於楚辭：楚辭，騷體文章之總稱。主要指屈原、宋玉、景差等楚人的辭賦；以後，漢人賈誼、東方朔、嚴忌、王褒、劉向等人之騷體文章亦統稱爲楚辭。以其有楚地文學樣式、方言聲韻、風土色彩之故。此謂源出於楚辭者，當指文體類似屈原、宋玉、景差之徒的辭賦文章而言。❷文多悽愴，怨者之流：謂李陵詩的內容多悽婉、悲愴、哀怨一類情調。之流：之屬。❸殊才：出眾的才華。殊：不同一般。❹生命不諧，聲頹身喪：一生命運多舛，乃至身敗名裂。不諧：不和諧、不順當。聲頹身喪：指李陵敗降匈奴一事。❺使陵不遭辛苦二句：使，假使。辛苦：苦難。辛：苦。此兩句，以人見詩，以詩見人。亦司馬遷「讀其書，想見其爲人」之意。

【譯文】

李陵的詩歌淵源於楚辭。文章大多屬於悽婉、哀傷、憂怨一類風格。李陵，名家子弟，有出眾超群的才能，一生命運頗多舛逆，身敗名裂。倘使李陵不遭受苦難，他的詩歌怎能達到這等高度。

【附錄】

與蘇武詩 三首

李陵

良時不再至，離別在須臾。屏營衢路側，執手野踟躕。
仰視浮雲馳，奄忽互相踰。風波一失所，各在天一隅。
長當從此別，且復立斯須。欲因晨風發，送子以賤軀。

嘉會難再遇，三載爲千秋。臨河濯長纓，念子悵悠悠。
遠望悲風至，對酒不能酬。行人懷往路，何以慰我愁？
獨有盈觴酒，與子結綢繆。

攜手上河梁，遊子暮何之？徘徊蹊路側，悢悢不能辭。
行人難久留，各言長相思。安知非日月，弦望自有時。
努力崇明德，皓首以爲期。

班姬

漢·婕妤

【導讀】

班姬，西漢成帝妃。成帝初即位，班姬選入後宮，初爲少使，後爲婕妤。以後，成帝寵幸趙飛燕，班姬遂失寵，作〈紈扇詩〉以自傷。婕妤，漢女官名，位同上卿。

劉勰《文心雕龍·明詩》稱：「李陵、班婕妤，見疑於後代。」謂班姬作〈紈扇詩〉不可信。宋嚴羽《滄浪詩話·考證》云：「班婕妤〈怨歌行〉，《文選》直作班姬之名，《樂府》以爲顏延年作。」亦疑而不信。《文選》收班姬〈怨歌行〉一首。《玉臺新詠》則題爲〈怨詩〉一首。

其源出於李陵。〈團扇〉短章❶，詞旨清捷❷，怨深文綺❸，得匹婦之致❹。侏儒一節，可以知其工矣❺！

【注釋】

❶〈團扇〉短章：〈團扇〉，即〈紈扇詩〉，《文選》作〈怨歌行〉，《玉臺新詠》作〈怨詩並序〉。短

章：篇幅短小之作。該詩只十句五十字。❷詞旨清捷：指詩的內容風格清婉輕敏。❸怨深文綺：哀怨深切而文詞華美。陳延傑《詩品注》認爲：「鍾氏此評，雖謂其詞旨美而怨，然西漢人作風，恐不如是之綺也。」按：此詩恐非西漢之作，已見〈題解〉，陳延傑亦是此意。❹得匹婦之致：匹婦，指平民婦女。《論語・憲問》：「豈若匹夫匹婦之爲諒也，自經於溝瀆而莫之知也。」致：情致，風致。鍾嶸意謂此詩「怨深文綺」，深得普通女人之情致。❺侏儒一節：漢桓譚《新論・道賦》：「諺曰：侏儒見一節，而長短可知。」鍾嶸引漢諺入文，意謂：窺一斑而見全豹。工：工整，精工。

【譯　文】

班婕妤的詩淵源於李陵，〈團扇〉小詩一首，內容風格清婉便捷，哀怨甚深而文詞華美，深得普通女人的情致。雖窺一斑而全豹可知，她的詩是很精巧工整的。

【附　錄】

怨歌行

班婕妤

新裂齊紈素，皎潔如霜雪。裁爲合歡扇，團團似明月。
出入君懷袖，動搖微風發。常恐秋節至，涼飆奪炎熱。
棄捐篋笥中，恩情中道絕。

曹植

魏・陳思王

【導讀】

曹植，字子建，曹操第三子，曹丕之弟，少善詩文。漢獻帝建安十六年，封爲平原侯，太和三年，改封東阿王。六年，加封陳王。死後諡爲思。現存詩八十餘首，文章辭賦四十餘篇。有《曹子建集》。曹植在建安作家中成就極高，影響甚大，深爲後人推崇。

劉勰《文心雕龍・明詩》說：「建安之初，五言騰踴，文帝陳思，縱轡以騁節。」鍾嶸《詩品序》說：「陳思爲建安之傑」、「文章之聖」。

唐釋皎然《詩式》稱：「鄴中七子，陳王最高。」實際上，鍾嶸論詩，首推陳思，明人胡應麟發揮其說，《詩藪》內編卷二謂：「其才藻宏富，骨氣雄高，八斗之稱，良非溢美。」實爲五言之典範，旁人無與倫比。

其源出於國風❶。骨氣奇高❷，詞采華茂❸；情兼雅怨❹，體被文質❺，粲溢今古❻，卓爾不群❼。嗟乎！陳思之於文章也，譬

人倫之有周、孔❽，鱗羽之有龍鳳❾，音樂之有琴笙❿，女工之有黼黻⓫。俾爾懷鉛吮墨者⓬，抱篇章而景慕，映餘暉以自燭⓭。故孔氏之門如用詩，則公幹升堂，思王入室，景陽、潘、陸，自可坐於廊廡之間矣⓮！

【注釋】

❶其源出於國風：清何焯《義門讀書記》卷四十六論曹植詩：「繾綣，得風人之旨。」此本鍾說。明胡應麟《詩藪》內編卷二曰：「陳王精金粹璧，無施不可。然四言源由國風，雜體規模兩漢，軌躅具存。」與何說異。又清劉熙載《藝概．詩概》云「曹子建詩出於騷。」又異於前說。陳延傑《詩品注》執持中之見，謂：「蓋子建詩學國風，而又以雅與騷化之，故自成家。」

❷骨氣奇高：黃侃《文心雕龍札記．風骨第二十八》曰：「文之有意，所以宣達思理，綱維全篇，譬之於物，則猶風也。文之有辭，所以攄寫中懷，顯明條貫，譬之於物，則猶骨也。必知風即文意，骨即文辭，然後不蹈空虛之弊。」此處所言骨氣，《詩品序》所謂風力，即風骨之意。骨氣奇高，是指文辭、文意皆出類超群。《詩品》論詩，以陳思爲宗，旁出二支：劉楨「仗氣愛奇，動多振絕……但氣過其文，雕潤恨少。」謂氣多於骨；王粲「發愀愴之詞，文秀而質羸。在曹劉間別構一體。」謂骨盛於氣。證之以《詩藪》內編卷二：「公幹才偏，氣過詞；仲宣才弱，肉勝骨。應、徐、陳、阮，篇什寥寥，間有存者，不出子建範圍之內。」按：劉楨、王粲，各得其一隅，亦在子建範圍之內也。❸詞采華茂：詞采，即詞藻。華茂：華麗而富豔。《文心雕龍．才略》說曹植：「詩麗而表逸。」❹情兼雅怨：《毛詩序》：「雅者，

正也。」又：「至於王道衰，禮義廢，政教失，國異政，家殊俗，而變風、變雅作矣。」又：「變風發乎情，止乎禮義。」《論語・陽貨》：「（詩）可以怨。」變風、變雅已含怨刺之情，然仍不失其爲正。情兼雅怨，是說曹植詩中的感情，兼有雅正和正當的怨刺之情。❺體被文質：《論語・雍也》：「質勝文則野，文勝質則史。文質彬彬，然後君子。」《宋書・謝靈運傳論》：「三祖陳王，咸蓄盛藻，甫乃以情緯文，以文被質。」文指語言文采，質指思想內容。被：加。❻粲溢今古：粲，光芒四射。說曹植詩光彩奪目，彪炳古今。❼卓爾不群：卓爾，卓然，凸出的樣子。不群：不一般，超群。❽人倫之有周、孔：人倫，人類。周孔：指周公和孔子，皆古之聖人。❾鱗羽之有龍鳳：鱗甲類動物中的龍，羽毛類動物中的鳳。龍和鳳都是傳說中的神奇吉祥之物。❿音樂之有琴笙：《詩經・小雅・鹿鳴》：「我有嘉賓，鼓瑟吹笙。」「我有嘉賓，鼓瑟鼓琴。」琴和笙都是古代宴禮所用之樂器。⓫女工之有黼黻：女工，是指女子擅長的工作，泛指紡織、刺繡、縫紉之類。黼黻：古代禮服上繪繡的花紋。從人倫之有周、孔至此，極言曹植詩之完美。⓬俾爾懷鉛吮墨者：俾，使。爾：你、你們。懷鉛吮墨者：指提筆寫作者。鉛：石墨筆，書寫工具。懷鉛：握筆。吮墨：以口吮墨，亦書寫之意。⓭抱篇章而景慕二句：景慕，見前《詩品序・注》。餘暉：指「粲溢今古」的曹植詩章發出的光輝。自燭：照亮自己、把自己照亮。⓮故孔氏之門如用詩五句：《論語・先進》：「子曰：由也升堂矣，未入於室也。」《漢書・藝文志・詩賦》：「如孔氏之門用賦也，則賈誼登堂，相如入室，如其不用何？」升堂，即登堂。登堂入室：以喻造詣之淺深。意謂在詩歌成就上，曹植爲最，劉楨次之，張華、潘岳、陸機又次之。廊廡：走廊。

【譯文】

曹植的詩淵源於《詩經・國風》。文意、文辭奇絶高超，詞藻堂皇富麗；情感兼有雅正、怨誹，而又不過激；在內容和形式上，文質彬彬，協調諧和。詩歌光芒四射，映及古今，獨立超群。啊！曹植之於詩壇，眞好像人類中的周公、孔子，動物中的龍鳳，音樂中的琴笙，女工中的刺繡。使你們這些作家詩人，手捧他的作品而景仰欽羨，用他的不朽之作的光輝照亮自己。所以說，如果孔子的門人用詩歌來衡量高下的話，那麼，劉楨甚好，曹植最佳，張華、潘岳、陸機又要次一等了。

【附錄】

七哀詩

曹　植

明月照高樓，流光正徘徊。上有愁思婦，悲歎有餘哀。
借問歎者誰，言是蕩子妻。君行踰十年，孤妾常獨棲。
君若清路塵，妾若濁水泥。浮沈各異勢，會合何時諧？
願爲西南風，長逝入君懷。君懷良不開，賤妾當何依？

送應氏詩　兩首

曹　植

步登北邙阪，遙望洛陽山。洛陽何寂寞，宮室盡燒焚。
垣牆皆頓擗，荊棘上參天。不見舊者老，但睹新少年。

側足無行徑，荒疇不復田。遊子久不歸，不識陌與阡。
中野何蕭條，千里無人煙。念我平常居，氣結不能言。

清時難屢得，嘉會不可常。天地無終極，人命若朝霜。
願得展燕婉，我友之朔方。親暱並集送，置酒此河陽。
中饋豈獨薄，賓飲不盡觴。愛至望苦深，豈不愧中腸？
山川阻且遠，別促會日長。願爲比翼鳥，施翮起高翔。

贈王粲

曹植

端坐若愁思，攬衣起西遊。樹木發春華，清池激長流。
中有孤鴛鴦，哀鳴求匹儔。我願執此鳥，惜哉無輕舟。
欲歸忘故道，顧望但懷愁。悲風鳴我側，羲和逝不留。
重陰潤萬物，何懼澤不周。誰令君多念，自使懷百憂。

劉楨

魏·文學

【導讀】

劉楨，漢末東平人，字公幹。與王粲、陳琳、徐幹、阮瑀、應瑒、孔融相友善，號稱「建安七子」。楨曾爲司空軍謀祭酒掾屬、五官中郎將文學。所作五言詩，當時甚有名望，有集四卷，今已失傳。

明人張溥《漢魏六朝百三家集》輯有《劉公幹集》。曹丕〈與吳質書〉稱：「公幹有逸氣，但未遒耳。其五言詩之善者，妙絕時人。」曹植〈與楊德祖書〉曰：「公幹振藻於海隅。」鍾嶸以爲：「陳思已下，楨稱獨步。」而劉勰《文心雕龍．明詩》則認爲：「四言正體，則雅潤爲本；五言流調，則清麗居宗……兼善則子建、仲宣，偏美則太沖、公幹。」

明許學彝《詩源辨體》卷四曰：「公幹、仲宣，一時未易優劣。鍾嶸以公幹爲勝，劉勰以仲宣爲優。予嘗爲二家品評，公幹氣勝於才，仲宣才優於氣。」

許說雖近持中之論，實以鍾說爲是。後世文論家往往曹、劉並舉，唐元稹〈唐故工部員外郎杜君墓誌銘並序〉：「氣奪曹、劉。」

胡應麟《詩藪》內編卷二：「建安首稱曹、劉。」金‧元好問〈論詩絕句三十首〉之二：「曹、劉坐嘯虎生風，四海無人角兩雄。」又〈自題中州集後〉：「鄴下曹、劉氣盡豪。」可見劉楨在詩壇上的地位。

其源出於古詩。仗氣愛奇❶，動多振絕❷。眞骨凌霜❸，高風跨俗❹。但氣過其文❺，雕潤恨少❻。然自陳思已下❼，楨稱獨步。

【注釋】

❶仗氣愛奇：南朝宋謝靈運〈擬魏太子鄴中集詩〉小序：「劉楨卓犖偏人，而文最有氣，所得頗經奇。」清劉熙載《藝概‧詩概》曰：「公幹氣勝，仲宣情勝，皆有陳思之一體。」仗：依仗。氣：指文章氣勢。奇：凸出。❷動多振絕：動，猶言動輒。振絕：驚世駭俗。❸眞骨凌霜：眞骨，指眞摯的精神品格。凌霜：即傲霜鬥雪的意思。凌：侵陵、欺侮、壓倒。此以人品、詩品言之，是說劉楨詩風眞摯直率，品格高潔。❹高風跨俗：以高潔的詩風超出流俗。❺氣過其文：氣有餘而文采不足。鍾嶸評曹植謂「骨氣奇高，詞采華茂。」劉楨得其氣骨，而少其詞采。❻雕潤恨少：雕潤，雕刻潤色。恨：遺憾。少：不足。❼陳思已下：即陳思以下。已通以。《漢書‧文帝紀》：「年八十已上，賜米人月一石，肉二十斤，酒五斗。」

【譯文】

劉楨的詩淵源於古詩。他依仗特有的氣勢和不同凡響的詞句，使詩歌驚世駭俗，

以其眞實的精神品格傲霜鬥雪，以其高潔的詩風超越凡俗。然而，他的詩未免氣勢多於文采，必要的潤色也太少了；儘管這樣，除曹植以外，詩壇上再無敵手了。

【附錄】

贈從弟 三首

劉楨

泛泛東流水，磷磷水中石。蘋藻生其涯，華紛何擾弱。
采之薦宗廟，可以羞嘉客。豈無園中葵，懿此出深澤。

亭亭山上松，瑟瑟谷中風。風聲一何盛，松枝一何勁。
冰霜正慘悽，終歲常端正。豈不罹凝寒，松柏有本性。

鳳凰集南嶽，徘徊孤竹根。於心有不厭，奮翅凌紫氛。
豈不常勤苦，羞與黃雀群。何時當來儀，將須聖明君。

魏・侍中 王粲

其源出於李陵❶。發愀愴之詞❷，文秀而質羸❸。在曹、劉間，別構一體❹。方陳思不足，比魏文有餘❺。

【導讀】

王粲，字仲宣，三國魏山陽高平人。博學多識，文思敏捷。漢獻帝西遷，王粲依附荊州劉表。表卒，歸曹操，任丞相掾，後官至侍中。建安二十二年，從征吳，途中病卒。粲爲「建安七子」之一，著有詩賦論議六十篇。

明張溥《漢魏六朝百三家集》有《王侍中集》一卷。曹丕〈與吳質書〉說：「仲宣獨自善於辭賦，惜其體弱，不足起其文，至於所善，古人無以遠過。」

曹植〈與楊德祖書〉說：「仲宣獨步於漢南。」劉勰《文心雕龍・才略》云：「仲宣溢才，捷而能密，文多兼善，辭少瑕累，摘其詩賦，則七子之冠冕乎！」按：陳思以下，公幹以氣勝，仲宣以情勝，詩歌獨標一格。

【注釋】

❶其源出於李陵：清劉熙載《藝概・詩概》以爲：「王仲宣詩出於騷。」鍾嶸認爲李陵出於楚辭。其源一也。❷發愀愴之詞：發憂傷之詞。謝靈運〈擬魏太子鄴中集詩〉小序云：「家本秦川貴公子孫，遭亂流寓，自傷情多。」❸文秀而質羸：質羸即曹丕所謂「惜其體弱，不足起其文」的意思。是說文章氣勢不足。羸：弱。❹在曹、劉間，別構一體：鍾嶸評曹植云：「骨氣奇高，詞采華茂，情兼雅怨，粲溢今古。」骨、氣、詞、情，四者兼備。評劉楨謂：「氣過其文，雕潤恨少。」則得其氣骨而遺其詞情。評王粲則曰：「文秀而質羸。」則得其詞情而獨少氣骨。所以說王粲「在曹、劉間，別構一體。」❺方陳思不足二句：比諸曹植則稍差，但又在曹丕之上。方：比。

【譯文】

王粲的詩淵源於李陵。善寫悽愴憂傷的詩作，文字娟秀而骨力稍弱。在曹植與劉楨之間別具一格。與曹植相比，在其下；與曹丕相較，則在其上。

【附錄】

七哀詩 兩首

王粲

西京亂無象，豺虎方遘患。復棄中國去，委身適荊蠻。
親戚對我悲，朋友相追攀。出門無所見，白骨蔽平原。

路有飢婦人，抱子棄草間。顧聞號泣聲，揮涕獨不還。
未知身死處，何能兩相完？驅馬棄之去，不忍聽此言。
南登灞陵岸，回首望長安。悟彼下泉人，喟然傷心肝。

荊蠻非我鄉，何爲久滯淫？方舟溯大江，日暮愁我心。
山岡有餘映，巖阿增重陰。狐狸馳赴穴，飛鳥翔故林。
流波激清響，猴猿臨岸吟。迅風拂裳袂，白露沾衣襟。
獨夜不能寐，攝衣起撫琴。絲桐感人情，爲我發悲音。
羈旅無終極，憂思壯難任。

阮籍

晉·步兵

【導讀】

阮籍，字嗣宗，三國魏尉氏人，「建安七子」之一阮瑀之子。曾爲步兵校尉，世稱阮步兵。能長嘯，善彈琴。博覽群書，尤好老莊。或閉門讀書，累月不出；或登山臨水，經日忘歸。

阮籍生活於魏晉易代之際，屈伸兩難，故縱酒談玄，佯狂避禍，不議時政，不臧否人物，善爲「青白眼」，以求自全。與嵇康、山濤、向秀、阮咸、王戎、劉伶相友善，世稱「竹林七賢」。有〈詠懷詩〉八十餘首，另有論、傳若干篇，明人張溥輯有《阮步兵集》。

劉勰《文心雕龍·才略》評阮籍「使氣以命詩」，又說：「嗣宗倜儻，故響逸而調遠。」《文選》李善注引顏延年曰：「阮公身事亂朝，常恐遇禍，因茲發詠，故每有憂生之嗟。雖事在刺譏，而文多隱避。百世而下，難以情測也。」

明許學彝《詩源辨體》卷四亦云：「託旨太深，觀者不能盡通其意，鍾嶸謂其『言在耳目之內，情寄八荒之表』是也」。

其源出於〈小雅〉❶。無雕蟲之功❷。而〈詠懷〉之作❸，可以陶性靈，發幽思❹。言在耳目之內，情寄八荒之表❺。洋洋乎會於〈風〉〈雅〉❻，使人忘其鄙近，自致遠大❼，頗多感慨之詞。厥旨淵放，歸趣難求❽。顏延年〈注解〉，怯言其志❾。

【注釋】

❶其源出於〈小雅〉：淸何焯《義門讀書記》卷四十六謂阮嗣宗〈詠懷詩〉「其源本諸〈離騷〉。」劉熙載《藝概・詩概》云：「阮步兵出於莊。」其說不一。陳延傑《詩品注》曰：「大概阮詩源於小雅，而又以楚辭、莊、列化之，故自成家也。」❷無雕蟲之功：沒有在字句上精雕細刻的工巧。雕蟲：漢揚雄《法言・吾子》：「或問：『吾子少而好賦？』曰：『然，童子雕蟲篆刻。』俄而曰：『壯夫不爲也。』」按：雕蟲、篆刻本爲秦人書法八體中之二體，用以喻辭賦之纖巧難工。後世借以指作辭賦時的雕章琢句，僅爲小技末道，故曰「壯夫不爲」。❸〈詠懷〉之作：阮籍有〈詠懷〉詩八十二首。宋嚴羽《滄浪詩話・詩評十二》曰：「黃初之後，唯阮籍〈詠懷〉之作，極爲高古，有建安風骨。」❹陶性靈，發幽思：陶冶性情，啓發深微情思。❺言在耳目之內兩句：此即語近情遙之謂，或謂言有盡而意無窮。耳目之內，言其近；八荒之表，指其遠。八荒：八方荒遠之地。表：外。❻洋洋乎會於風雅：氣勢之宏大，大有〈國風〉和〈大雅〉、〈小雅〉之風致。洋洋乎：《莊子・天地》曰：「夫道，覆載萬物者也，洋洋乎大哉！」會：合。❼使人忘其鄙近，自致遠大：使讀者忘卻自己的渺小鄙俗，胸襟自然開闊遠大。鄙近：指胸襟狹窄，目光短淺，正與遠大相反。致：達到。❽厥旨淵放，歸趣難求：

指阮籍〈詠懷〉詩含義深遠高放，主題難以捉摸。清劉熙載《藝概・詩概》云：「阮嗣宗〈詠懷〉，其旨固爲淵遠，其屬辭之妙，去來無端，不可蹤迹。」明張溥《漢魏六朝百三家集・阮步兵集題辭》云：「〈詠懷〉諸篇，文隱指遠，定哀之間多微詞，蓋指此也。」清何焯《義門讀書記》卷四十六云：「〈詠懷〉之作，其歸在於魏、晉易代之事，而其詞旨亦復難以直尋。」上述諸家之說，其義一也。厥：其，指阮詩。淵放：深遠放達。歸趣：宗旨、主題。❾顏延年注解，怯言其志：梁昭明太子蕭統編《文選》卷二十三選錄阮籍〈詠懷〉詩十七首，下題「顏延年、沈約等注」。其〈題解〉云：「五言。顏延年曰：說者阮籍，在晉文代，常慮禍患，故發此詠耳。」又〈詠懷〉第一首末，注云：「嗣宗身仕亂朝，常恐罹謗遇禍，因茲發詠，故每有憂生之嗟。雖志在刺譏，而文多隱避。百代之下，難以情測。故粗明大意，略其幽志也。」顏云：「粗明大意，略其幽志」，即鍾嶸所謂「顏延年注解，怯言其志。」清何焯《義門讀書記》卷四十六：「按：籍豈徒慮患也哉？延年遜詞以謝逆邵，宜其不足知此。」可見顏延年「怯言其志」，亦自有其苦衷。怯：膽小、害怕。志：思想。按：阮籍身處魏、晉易代之際，常恐禍及己身，故文多譏刺而語常隱晦。顏延年遭遇與阮籍有類似處，明張溥《漢魏六朝百三家集・顏光祿集題辭》云：「玩世如阮籍，善對如樂廣，其得功名耆壽，或非無故也。」所謂「怯言其志」者，亦同病相憐者也。

【譯　文】

阮籍的詩淵源於《詩經・小雅》。不注重雕章琢句的工巧。〈詠懷〉詩可以陶冶讀者的情操，啓發讀者幽深的情思。言近而意遠，其氣魄之宏大相當於《詩經》中的〈風〉〈雅〉。能使人忘卻胸中的齷齪和鄙吝，達到襟懷開闊，目光遠大的境界。他的詩有不少慷慨感歎的詞句。詩境高遠放達，旨趣難以捉摸。當年顏延年給他作注解，害怕點明他的作詩意圖。

【附錄】

詠懷詩

選三首

阮籍

夜中不能寐，起坐彈鳴琴。薄帷鑑明月，清風吹我襟。
孤鴻號外野，朔鳥鳴北林。徘徊將何見？憂思獨傷心。

天馬出西北，由來從東道。春秋非有託，富貴焉常保。
清露被皋蘭，凝霜沾野草。朝爲媚少年，夕暮成醜老。
自非王子晉，誰能常美好？

昔年十四五，志尚好詩書。被褐懷珠玉，顏閔相與期。
開軒臨四野，登高望所思。丘墓蔽山岡，萬代同一時。
千秋萬歲後，榮名安所之？乃悟羨門子，噭噭今自嗤。

陸機

晉・平原相

【導讀】

陸機，字士衡，西晉吳郡人。祖陸遜、父陸抗，爲吳將相。司馬氏滅吳，機閉門讀書十年。太康末年，與弟陸雲入洛陽，以文才名重一時。

張華素重其名，歎爲大才。後又爲成都王司馬穎表爲平原內史，世稱陸平原。後司馬穎討伐長沙王司馬乂，任機爲大將軍，戰敗。爲穎所殺。陸機詩文詞藻宏麗，講求俳偶，開六朝文風之先。現存詩一百零四首，有《陸士衡集》。

劉勰《文心雕龍・才略》說：「陸機才欲窺深，詞務索廣，故思能入巧，而不制繁。」《詩品》列爲上品。宋・嚴羽《滄浪詩話・詩評十二》謂：「晉人舍陶淵明、阮嗣宗外，唯左太沖高出一時，陸士衡獨在諸公之下。」前人於陸機褒貶不一，亦爲見仁見智之說。

明胡應麟《詩藪・外編》卷二云：「鍾記室以士衡爲晉代之英，嚴滄浪以士衡獨在諸公之下，二語雖各舉所知，咸自有謂。學者精心體味，兩得其說乃佳。」

明・許學彝《詩源辨體》卷五第十條「可謂探驪得珠，

曰：「陸士衡五言，體雖漸入俳偶，語雖漸入雕刻，其古體猶有存者。」蓋記室、滄浪各得一斑，未窺全豹故也。

其源出於陳思❶。才高詞贍❷，舉體華美❸。氣少於公幹，文劣於仲宣❹。尚規矩❺，不貴綺錯❻，有傷直致之奇❼。然其咀嚼英華❽，厭飫膏澤❾，文章之淵泉也❿。張公歎其大才⓫，信矣！

【注釋】

❶其源出於陳思：明許學夷《詩源辨體》卷五第八條謂：「士衡樂府五言，體制聲調與子建相類。」清何焯《義門讀書記》卷四十七云：「陸士衡樂府數詩，沈著痛快，可以直追曹、王。」此皆本鍾說。❷才高詞贍：才氣高妙，文詞富贍。贍：富裕。❸舉體華美：通體華美。❹氣少於公幹，文劣於仲宣：氣骨比劉楨少，文采比王粲差。按：《詩品》論詩，以曹植爲典範，劉楨、王粲各得其一翼。陸機雖兩者兼備，但較之曹植，又遜一格。❺尚規矩：注重詩歌的格律規矩。❻不貴綺錯：在詩歌的表現手法上，不講究縱橫交錯的鋪陳。綺錯：縱橫交錯。❼有傷直致之奇：有妨於直率表達的好處。傷：妨害，礙。直致：直截了當地表達情致。唐殷璠《河岳英靈集序》：「至如曹、劉，詩多直致，語少切對。」奇：卓穎、美好。❽咀嚼英華：玩味讚賞華詞麗句。❾厭飫膏澤：飽蘊文采。厭，即饜。飫，飽。膏澤：本指膏雨、甘雨。這裡指富於詞藻。❿文章之淵泉：陸機「咀嚼英華，厭飫膏澤，文章之淵泉」，開啓一代詩風，後人若顏光祿輩承其先聲。清何焯《義門讀書記》卷四十六云：陸機〈答賈長

淵〉「鋪陳整贍，實開顏光祿之先。鍾嶸品第顏詩，以爲其源出於陸機，是也。然士衡較爲遒秀。」按：鍾嶸《詩品》卷中評顏延之謂：「其源出於陸機。」淵泉：源泉。⓫張公歎其大才：南朝宋劉義慶《世說新語・文學》梁劉孝標注引《文章傳》曰：「機善屬文，司空張華見其文章，篇篇稱善，猶譏其作文大治，謂曰：『人之作文，患於不才，至子爲文，乃患太多也。』」按：《晉書・陸機傳》作：「人之爲文，常恨才少，而子更患其多。」張公，指張華。

【譯文】

陸機的詩淵源於曹植。才氣高妙詞藻宏富，統體華麗秀美。文章氣骨少於劉楨，文采遜於王粲。作詩崇尚格律，不看重縱橫鋪陳，以免有妨於直率表達情致之妙。但他在讚賞華詞麗句，重彩描繪方面，成了開創一代詩風的淵藪。司空張華曾讚歎他有大才。的確如此！

【附錄】

赴洛道中作 兩首

陸機

總轡登長路，嗚咽辭密親。借問子何之？世網嬰我身。
永歎遵北渚，遺思結南津。行行遂已遠，野途曠無人。
山澤紛紆餘，林薄杳阡眠。虎嘯深谷底，雞鳴高樹巔。
哀風中夜流，孤獸更我前。悲情觸物感，沈思鬱纏綿。

佇立望故鄉，顧影悽自憐。
遠遊越山川，山川脩且廣。
夕息抱影寐，朝徂銜思往。
清露墜素輝，明月一何朗。
振策陟崇丘，案轡遵平莽。
頓轡倚嵩巖，側聽悲風響。
撫几不能寐，振衣獨長想。

長歌行

陸機

逝矣經天日，悲哉帶地川。
年往迅勁矢，時來亮急弦。
容華夙夜零，體澤坐自捐。
俛仰逝將過，倏忽幾何間。
但恨功名薄，竹帛無所宣。
寸陰無停晷，尺波豈徒旋。
遠期鮮克及，盈數固希全。
茲物苟難停，吾壽安得延。
慷慨亦焉訴，天道良自然。
迨及歲未暮，長歌承我閒。

潘岳

晉・黃門郎

其源出於仲宣❶。《翰林》歎其翩翩然如翔禽之有羽毛；衣服之有綃縠❷。猶淺於陸機❸。謝混云：「潘詩爛若舒錦，無處不佳；陸文如披沙簡金，往往見寶❹。」嶸謂益壽輕華❺，故以潘爲勝；《翰林》篤論❻，故歎陸爲深。余常言：「陸才如海，潘才如

【導讀】

潘岳，字安仁，晉滎陽中牟人。仕河陽、懷縣二令，累官至給事黃門侍郎，人稱潘黃門。潘岳與石崇等參與賈謐之亂，被處以族誅。潘岳工詩賦，詞藻華麗，長於哀誄之體。《悼亡詩》三首最爲著名。明張溥輯有《潘黃門集》。

明胡應麟《詩藪・外編》卷二以爲：「潘、陸俱詞勝者也。陸之才富，而潘氣稍雄也。」按：五言詩自陳思以下，劉、王比肩；有晉詞章，當以潘、陸聯袂。

江⑦。」

【注　釋】

❶其源出於仲宣：《宋書・謝靈運傳論》：「潘、陸特秀，體變曹、王。」可見潘岳詩祖於王粲，乃當時人之通論。❷《翰林》歎其翩翩然二句：晉李充著《翰林論》五十四卷，全書已亡佚。唐徐堅等撰《初學記》引《翰林論》曰：「潘安仁之爲文也，猶翔禽之羽毛，衣被之綃縠。」翩翩然：指鳥飛輕疾的樣子。《詩經・小雅・四牡》：「翩翩者鵻，載飛載下。」羽毛：本指鳥獸之皮毛，因羽毛有文采，後因喻人之儀表、詩詞之文采。這裡是喻文章的詞藻美麗。綃縠：絹綢之紋彩。這裡是指絲綢織成的有紋彩的衣服。亦喻文詞之華美。❸猶淺於陸機：南朝宋劉義慶《世說新語・文學》梁劉孝標注引孫興公語：「潘文淺而淨，陸文深而蕪。」❹謝混云五句：語見劉義慶《世說新語・文學》梁劉孝標注引孫興公語。爛：燦爛、斑爛。舒：展。披：分開，披露。簡：檢、查。❺益壽輕華：謝混詩輕浮華綺。按：《詩品》卷下評殷仲文有云：「謝益壽、殷仲文爲華綺之冠。」❻《翰林》篤論：李充《翰林論》中肯之論。❼陸才如海，潘才如江：《晉書・潘岳傳》史臣曰：「機文喻海，韞蓬山而育蕪；岳藻如江，濯美錦而增絢。」

【譯　文】

潘岳的詩淵源於王粲。李充《翰林論》讚歎他的詩風秀致儼然，像飛禽有著美麗羽毛，衣服之有錦繡花紋。但還是比陸機淺薄。謝混說：「潘岳的詩色彩斑爛好像鋪錦列繡，處處都美；陸機的文章像披沙揀金，常常見寶。」我認爲謝混自己極重華采，所以認爲潘勝於陸；李充評論中肯，所以讚歎陸強於潘。我常常說：「陸機之才如大海，潘岳之才似長江。」

【附錄】

悼亡詩

選兩首

潘岳

荏苒冬春謝，寒暑忽流易。之子歸窮泉，重壤永幽隔。
私懷誰克從，淹留亦何益？僶俛恭朝命，迴心反初役。
望廬思其人，入室想所歷。帷屏無髣髴，翰墨有餘迹；
流芳未及歇，遺掛猶在壁。悵怳如或存，周遑忡驚惕。
如彼翰林鳥，雙棲一朝隻；如彼游川魚，比目中路析。
春風緣隙來，晨霤承檐滴。寢息何時忘，沈憂日盈積。
庶幾有時衰，莊缶猶可擊。

皎皎窗中月，照我室南端。清商應秋至，溽暑隨節闌。
凜凜涼風升，始覺夏衾單。豈曰無重纊，誰與同歲寒？
歲寒無與同，朗月何朧朧。展轉眄枕席，長簟竟牀空。

牀空委清塵，室虛來悲風。獨無李氏靈，髣髴睹爾容。
撫衿長歎息，不覺涕霑胸。霑胸安能已，悲懷從中起。
寢興目存形，遺音猶在耳。上慚東門吳，下愧蒙莊子。
賦詩欲言志，此志難具紀。命也可奈何，長戚自令鄙。

張協

晉・黃門郎

【導讀】

張協，字景陽，晉安平人，張載之弟。與兄載弟亢，時稱「三張」。協爲人束身自好，以詩文自娛。官至黃門侍郎。後託疾，棄絕人事，終於家。

《晉書・張協傳》云：「於時天下已亂，所在寇盜，協遂棄絕人事，屛居草澤，守道不競，以屬詠自娛。」

清何焯《義門讀書記》卷四十七曰：「胸次之高，言語之妙，景陽與元亮之在兩晉，蓋猶長庚、啓明之麗天矣。」又曰：「詩家鍊字琢句始於景陽，而極於鮑明遠。」

《詩品》列張協詩於上品，張載詩於下品：《文心雕龍・才略》云：「孟陽、景陽才綺而相埒，可謂魯衛之政，兄弟之文也。」此說與《詩品》正相反。

按：明張溥《漢魏六朝百三家集・張孟陽景陽集題辭》云：「景陽文稍讓兄，而詩獨勁出，蓋二張齊驅，詩文之間，互有短長。」可謂的論矣。

張協胸次高曠，詩味淳厚，屬沖淡恬靜一派。

其源出於王粲。文體華淨，少病累❶。又巧構形似之言❷。雄於潘岳，靡於太沖❸。風流調達❹，實曠代之高手❺，詞采蔥菁❻，音韻鏗鏘，使人味之亹亹不倦❼。

【注釋】

❶文體華淨，少病累：文章華美乾淨，無病疵可挑剔。病累：違反詩歌規律之處。累，亦病也。一說指多餘的字句。❷又巧構形似之言：指擅長於維妙維肖的描寫景物。巧構：準確、逼真地描繪。❸雄於潘岳，靡於太沖：詩之氣骨強於潘岳，詞采綺靡弱於左思。雄：指骨氣橫絕。靡：指文采繁盛。❹風流調達：詩風灑脫、和諧暢達。❺曠代之高手：絕代之大手筆。❻詞采蔥菁：詞藻繁盛。菁，讀與蒨同，盛貌。蔥菁，青翠茂盛。❼亹亹不倦：《詩經‧大雅‧鳧鷖》：「亹亹文王，令聞不已。」亹亹：勤勉不倦的樣子。

【譯文】

張協的詩淵源於王粲。文體華美純淨，少有病累之句；又長於巧妙地寫出精確描繪景物的詩句。他的詩風比潘岳雄放，詞采綺靡又超過左思。風格灑脫和諧暢達，實在是絕代高手。詞藻繁盛，音調鏗鏘，使人讀之有味，精神爽然。

【附錄】

雜詩 選兩首

張協

朝霞迎白日，丹氣臨湯谷。
輕風摧勁草，凝霜竦高木。
疇昔歎時遲，晚節悲年促。
昔我資章甫，聊以適諸越。
窮年非所用，此貨將安設。
不見郢中歌，能否居然別。
流俗多昏迷，此理誰能察？

翳翳結繁雲，森森散雨足。
密葉日夜疏，叢林森如束。
歲暮懷百憂，將從季主卜。
行行入幽荒，甌駱從祝髮。
瓴甋夸璵璠，魚目笑明月。
陽春無和者，巴人皆下節。

左思

晉・記室

【導讀】

左思，字太沖，西晉臨淄人。官祕書郎，司空張華辟爲祭酒。入齊，齊王命爲記室，辭不就，歸鄉里，專事著述。左思形貌醜陋而又口訥，博學能文。曾作〈三都賦〉，十年始成。豪貴之家競相傳鈔，洛陽爲之紙貴，一時傳爲美談。今存詩十四篇，以〈詠史詩〉八首最著名。後人輯有《左太沖集》。

左思出身寒門，不爲當世所重，故詩多懷才不遇之歎。劉勰《文心雕龍・才略》說：「左思奇才，業深覃思，盡銳於〈三都〉，拔萃於〈詠史〉，無遺力矣」。宋嚴羽《滄浪詩話・詩評第十二》曰：「晉人舍陶淵明、阮嗣宗外，唯左太沖高出一時。」

清沈德潛《古詩源》說：「太沖拔出於眾流之中，丰骨峻上，盡掩諸家。」左思詩置之上品而無愧矣。

其源出於公幹❶。文典以怨❷，頗爲精切❸，得諷諭之致❹。雖野於陸機❺，而深於潘岳。謝康樂嘗言：「左太沖詩，潘安仁詩，古今難比。」

【注釋】

❶其源出於公幹：清劉熙載《藝概‧詩概》云：「劉公幹、左太沖，壯而不悲。」按：左思詩以氣骨勝，自是劉楨一路。❷文典以怨：文詞典正而蘊藉。典：典則、典正。北齊顏之推《顏氏家訓‧文章》：「吾家世文章，甚爲典正，不從流俗。」怨：含蓄、蘊藉。《荀子‧哀公》：「富有天下而無怨財。」注：「怨讀爲蘊。言雖有天下，而無蘊蓄私財也。」❸精切：精當、切要。指文詞準確而無長語。❹諷諭之致：諷刺、教化之情致。❺野於陸機：比陸機質樸而不事雕潤。《論語‧雍也》：「質勝文則野，文勝質則史。文質彬彬，然後君子。」野：質勝文之謂也。

【譯文】

左思的詩淵源於劉楨。文詞典正而含蓄，甚爲精當切要，有諷刺、教化的情致。雖然比陸機質樸，但比潘岳深刻。謝靈運曾經說：「左思的詩，潘岳的詩，古往今來，難與倫比。」

【附錄】

詠史 選兩首

左思

弱冠弄柔翰，卓犖觀群書。著論準過秦，作賦擬子虛。

邊城苦鳴鏑，羽檄飛京都。雖非甲胄士，疇昔覽穰苴。

長嘯激清風，志若無東吳。鉛刀貴一割，夢想騁良圖。

左眄澄江湘，右盼定羌胡。功成不受爵，長揖歸田廬。

鬱鬱澗底松，離離山上苗，以彼徑寸莖，蔭此百尺條。

世胄躡高位，英俊沈下僚。地勢使之然，由來非一朝。

金張藉舊業，七葉珥漢貂。馮公豈不偉，白首不見招。

謝靈運

宋・臨川太守

【導 讀】

謝靈運，南朝宋陽夏人，謝玄之孫，襲封康樂公，世稱謝康樂。初爲武帝太尉參軍，後遷太子左衞率；少帝時貶爲永嘉太守；文帝時曾爲臨川郡守。博覽群書，工書畫，好山水。既不得意，便肆意遨遊，各處題詠。行爲放縱，不久以謀反罪被誅，年四十九。有詩文集傳世。

謝詩繁富，故《文心雕龍・明詩》稱：「宋初文詠，體有因革，莊老告退，而山水方滋。儷采百字之偶，爭價一句之奇。情必極貌以寫物，詞必窮力而追新。」謝詩亦在其中。

清沈德潛《古詩源》說：「謝詩經營慘澹，鉤深索隱，而一歸自然，山水閒適，時遇理趣，匠心獨運，少任規則。建安諸子非其所屑，況士衡以下？」

謝靈運是我國文學史上第一個全力摹寫山水的作家。

其源出於陳思，雜有景陽之體，故尚巧似❶；而逸蕩過之❷。頗以繁富爲累❸。嶸謂若人，興多才高❹，寓目輒書，內無乏思❺，外無遺物❻，其繁富宜哉！然名章迥句，處處間起，麗典新聲，絡繹奔會❼。譬猶青松之拔灌木❽，白玉之映塵沙，未足貶其高潔也❾。初，錢唐杜明師夜夢東南有人來入其館，是夕，即靈運生於會稽。旬日，而謝玄亡。其家以子孫難得，送靈運於杜治養之❿。十五方還都，故名客兒。

【注釋】

❶其源出於陳思三句：靈運詩淵源於曹植，又受張協詩風之影響：「故尚巧似」，《詩品》評張協謂「巧構形似之言」、「尚巧似」，亦此意也。❷逸蕩過之：超脫、放縱超過張協。❸以繁富爲累：《詩品序》云：「元嘉中，有謝靈運，才高詞盛，富豔難蹤。」此處的「繁富」和〈序〉中的「富豔」，意思相同，都是指謝靈運詩歌內容的豐富和形式上的「經緯綿密」、「體盡俳偶」。累：病也。❹興多才高：猶言靈感時來，詩才高妙。興：外物觸發詩思之謂。❺內無乏思：胸中詩思橫溢。❻外無遺物：於外部景物無所遺漏。意謂信手拈來，皆能入詩。❼麗典新聲，絡繹奔會：華麗典雅爲別人不能道之新詞麗句，相繼不斷而來。奔會：競相會合。❽青松之拔灌木：猶若青松之獨立於灌木之叢，即鶴立雞群之意。拔：突出，兀立。

⑨白玉兩句：猶白玉之處於塵沙，而使塵沙蒙榮，無損白玉之光輝。高潔：梁簡文帝〈與湘東王書〉云：「謝客吐言天拔，出於自然。」⑩杜：指杜明師。治養：護養。

【譯文】

謝靈運詩淵源於曹植，摻雜有張協的詩風。所以描寫景物崇尚「巧似」，但超脫放縱超過張協。過份的繁文縟采，是他詩歌的缺點。我以爲，此人思路敏捷，詩才高妙，所見之物，皆能入詩，胸中不缺少豐富的思想感情，眼前沒有不可入詩的景物。說他「繁富」，是十分相宜的！然而在他的詩中，名篇佳句，隨處可見；華美典雅的新詞麗句，相繼湧現。好像青松秀拔於灌木叢中，白玉輝映著沙粒，無損於他詩的高潔。起先，錢塘杜明師晚上夢見有人自東南方而來，進入他的房間，當晚，謝靈運就在會稽出生。十天後，他祖父謝玄去世。家裡擔心子孫難得，送靈運到杜明師的靖室扶養。十五歲才回到都城建康，所以小名喚做客兒。

【附錄】

登池上樓

謝靈運

潛虯媚幽姿，飛鴻響遠音。薄霄愧雲浮，棲川怍淵沈。
進德智所拙，退耕力不任。徇祿反窮海，臥痾對空林。
衾枕昧節候，褰開暫窺臨。傾耳聆波瀾，舉目眺嶇嶔。

初景革緒風，新陽改故陰。池塘生春草，園柳變鳴禽。
祁祁傷豳歌，萋萋感楚吟。索居易永久，離群難處心。
持操豈獨古，無悶徵在今。

石壁精舍還湖中作

謝靈運

昏旦變氣候，山水含清暉。清暉能娛人，遊子憺忘歸。
出谷日尚早，入舟陽已微。林壑斂暝色，雲霞收夕霏。
芰荷迭映蔚，蒲稗相因依。披拂趨南徑，愉悅偃東扉。
慮澹物自輕，意愜理無違。寄言攝生客，試用此道推。

卷

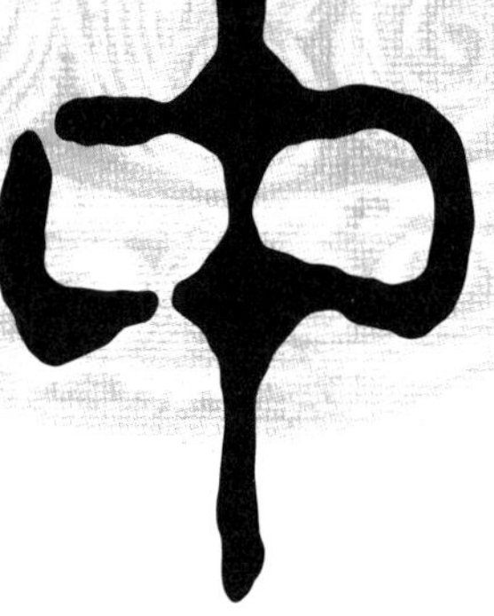
中

秦嘉

漢・上計

徐淑

嘉妻

夫妻事既可傷❶，文亦悽怨。爲五言者，不過數家，而婦人居二❷。徐淑敘別之作，亞於〈團扇〉矣❸。

【導讀】

秦嘉，字士會，東漢隴西人。桓帝時，仕郡上計。後入洛陽，除黃門郎，病卒於津鄉亭。徐陵編《玉臺新詠》錄秦嘉〈贈婦詩〉三首；又，嘉妻徐淑有〈答夫詩〉一首。敘夫婦惜別之情，矢忠誠之意。感情纏綿，悽婉動人。

明胡應麟《詩藪・內編》卷二說：「秦嘉夫婦往還曲折，具載詩中，眞事眞情，千秋如在，非他託興可以比肩。」

但是，徐淑詩句中雜以「兮」字，若去之，則爲四言矣。

【注　釋】

❶夫妻事既可傷：徐陵《玉臺新詠》錄秦嘉〈贈婦詩〉三首，前有〈序〉云：「秦嘉，字士會，隴西人也。爲郡上掾。其妻徐淑，寢疾還家，不獲面別。贈詩云爾。」又宋佚名《竹莊詩話》卷二引《西溪叢語》，詳述秦嘉夫妻書信往返並詩，可參閱。傷：哀傷。❷爲五言者三句：意謂漢代五言詩作者不過數家而已，而女詩人居其二：一班姬，一徐淑。唯徐淑五言，中雜「兮」字：去之，則爲四言。❸徐淑兩句：敍別之作係指徐淑〈答夫詩〉。「亞於〈團扇〉」：遜於班婕妤〈團扇詩〉，因同是女詩人，故相較爾。

【譯　文】

秦嘉、徐淑夫婦二人的遭遇既然值得悲傷，他們的詩作自然也悽婉哀怨。漢代五言詩人不過數家，而女詩人已佔兩人。徐淑的〈答夫詩〉比班姬的〈團扇詩〉，要略遜一籌。

【附　錄】

贈婦詩 三首選二

秦　嘉

人生譬朝露，居世多屯蹇。憂艱常早至，歡會常苦晚。
念當奉時役，去爾日遙遠。遣車迎子還，空往復空返。
省書情悽愴，臨食不能飯。獨坐空房中，誰與相勸勉？

長夜不能眠，伏枕獨展轉。憂來如循環，匪席不可卷。
皇靈無私親，爲善荷天祿。傷我與爾身，少小罹煢獨。
既得結大義，歡樂苦不足。念當遠離別，思念敍款曲。
河廣無舟梁，道近隔丘陸。臨路懷惆悵，中駕正躑躅。
浮雲起高山，悲風激深谷。良馬不回鞍，輕車不轉轂。
鍼藥可屢進，愁思難爲數。貞士篤終始，恩義不可促。

答夫詩

徐淑

妾身兮不令，嬰疾兮來歸。沈滯兮家門，歷時兮不差。
曠廢兮侍覲，情敬兮有違。君今兮奉命，遠適兮京師。
悠悠兮離別，無因兮敍懷。瞻望兮踴躍，佇立兮徘徊。
思君兮感結，夢想兮容輝。君發兮引邁，去我兮日乖。
恨無兮羽翼，高飛兮相追。長吟兮永歎，淚下兮沾衣。

魏文帝

【導讀】

魏文帝曹丕，字子桓，沛國譙人。曹操長子。操去世，襲爲魏王，代漢稱帝，爲魏文帝。喜文學，著有《典論》五卷及詩賦一百餘篇，現存四十餘篇。《典論》已佚，唯存〈論文〉一篇，見《昭明文選》。其〈燕歌行〉一首，是現存最早的七言詩。

鍾嶸《詩品》將曹植列爲上品，而置曹丕於中品，劉勰《文心雕龍・才略》云：「魏文之才，洋洋淸綺，舊談抑之，謂去植千里。然子建思捷而才儁，詩麗而表逸；子桓慮詳而力緩，故不競於先鳴。而樂府淸越，〈典論〉辯要，迭用短長，亦無懵焉。但俗情抑揚，雷同一響，遂令文帝以位尊減才，思王以勢窘益價，未爲篤論也。」按：劉勰通論才略，鍾嶸銓衡五言，殊難以相提並論；就五言詩而言，《詩品》所評，未爲妄也。

明許學彝《詩源辨體》卷四第十三條曰：「子桓五言，在公幹、仲宣之亞。鍾嶸《詩品》以公幹、仲宣處上品，子桓居中品，得之。元瑞謂：『子桓過公幹、仲宣遠甚』，予未敢信。」

其源出於李陵，頗有仲宣之體❶。則所計百許篇，率皆鄙質如偶語❷。惟〈西北有浮雲〉十餘首，殊美贍可翫❸，始見其工矣。不然，何以銓衡群彥，對揚厥弟者耶❹？

【注　釋】

❶其源出於李陵兩句：魏文詩源出於李陵，王粲詩亦出於李陵，其源一也。鍾嶸評李陵：「文多悽愴怨者之流」，評王粲：「發愀愴之詞」，魏文源出李陵，又有「仲宣之體」，可見曹丕詩繼承發展重情采一路。清沈德潛《古詩源》曰：「子桓詩有文士氣，一變乃父悲壯之習，要其便娟婉約，能移人情。」❷則所計百許篇兩句：謂曹丕詩共計百來首，都質直無文采，如人對話然。則：虛詞，無意義。鄙質：野而質樸，毫無文采。偶語：相對談話。清何焯《義門讀書記》卷四十七引曹丕〈芙蓉池作〉：「壽命非喬松，誰能得神仙？遨遊快心志，保己終百年。」曰：「其言如此其偷也，復有子孫黎民之遠圖哉？」按：偷，苟且也。❸惟「西北有浮雲」兩句：「西北有浮雲」見曹丕〈雜詩〉。殊：不同一般。美贍可翫：華美富麗，足供玩味。❹不然三句：銓衡群彥，評價品第眾才士。曹丕《典論‧論文》有：「今之文人，魯國孔融文舉，廣陵陳琳孔璋，山陽王粲仲宣，北海徐幹偉長，陳留阮瑀元瑜，汝南應瑒德璉，東平劉楨公幹：斯七子者，於學無所遺，於辭無所假，咸以自騁驥騄於千里，仰齊足而並馳。」又，曹丕〈與吳質書〉於上述數人亦有評論。所謂「銓衡群彥」蓋指此。銓衡：原指衡器或量具。這裡當動詞用，是衡量、評論的意思。彥：才德傑出的人。對揚：對答稱揚。厥弟：其弟，指曹植。

【譯文】

曹丕的詩淵源於李陵，還雜有王粲的詩風。總共有百來篇詩歌，大抵都鄙野質直好像與人說話一樣。只有〈雜詩〉「西北有浮雲」等十多首，特別華美富麗，可供玩味，才看出他的精緻工整。否則，怎麼能評論群才，面對成就凸出的兄弟呢？

【附錄】

雜詩 兩首

曹丕

漫漫秋夜長，烈烈北風涼。展轉不能寐，披衣起彷徨。
彷徨忽已久，白露沾我裳。俯視清水波，仰看明月光。
天漢回西流，三五正縱橫。草蟲鳴何悲，孤雁獨南翔。
鬱鬱多悲思，綿綿思故鄉。願飛安得翼，欲濟河無梁。
向風長歎息，斷絕我中腸。

西北有浮雲，亭亭如車蓋。惜哉時不遇，適與飄風會。
吹我東南行，南行至吳會。吳會非我鄉，安得久留滯？

棄置勿復陳，客子常畏人。

嵇康

晉・中散

【導　讀】

嵇康，字叔夜，三國時魏譙郡人。仕魏爲中散大夫，掌議論。入晉，以呂安事，爲司馬昭所殺。嵇康博覽多聞，崇尚老莊，工詩文，精樂理。爲「竹林七賢」之一。

魯迅曾輯校《嵇康集》。劉勰《文心雕龍・明詩》說：「嵇志清峻。」嵇康的文學成就，主要在散文方面，詩歌大部分爲四言詩。五言詩風格峻切，但頗多消極思想。

頗似魏文❶。過爲峻切❷，訐直露才❸，傷淵雅之致❹。然託諭清遠❺，良有鑑裁❻，亦未失高流矣。

【注　釋】

❶頗似魏文：陳延傑《詩品注》曰：「叔夜有超絕塵世之想，其遨遊快志，亦頗似魏文焉。」

❷過爲峻切：清劉熙載《藝概・詩概》云：「叔夜之詩峻烈。」峻切：嚴厲，尖刻，激烈。❸

訐直露才：以直揭短處、横議是非來顯露自己的才幹。陳延傑《詩品注》云：「叔夜拒鍾會，與山濤絕交，皆其訐直者。」明胡應麟《詩藪・外編》卷二曰：「嗣宗、叔夜並以放誕名，而阮之識，遠非嵇比也。……中散……徒以口舌獲戾，悲夫！」訐直：揭發人之過錯而不徇情。❹傷淵雅之致：有傷蘊藉雅正的高致。傷：害。淵雅：深遠高雅。❺託諭清遠：寄託深遠。諭，猶旨也。❻良有鑑裁：確有審察、識別能力。

【譯文】

嵇康的詩很類似曹丕，只是過份嚴厲激烈。横議是非，露才揚己，有損於敦厚雅正的高致。但寄託深遠，確實有審察、識別能力，仍不失爲詩家名流。

【附錄】

述志詩　兩首選一

嵇康

斥鷃擅蒿林，仰笑神鳳飛。坎井蝤蛙宅，神龜安所歸。
恨自用身拙，任意多永思。遠實與世殊，義譽非所希。
往事既可謬，來者猶可追。何爲人間事，自令心不夷。
慷慨思古人，夢想見容輝。願與知己遇，舒憤啓其微。
巖穴多隱逸，輕舉求吾師。晨登箕山巔，日夕不知飢。

玄居養營魄，千載長自綏。

酒會詩

嵇康

樂哉苑中遊，周覽無窮已。百卉吐芳華，崇基邈高跱。
林木紛交錯，玄池戲魴鯉。輕丸斃翔禽，纖綸出鱣鮪。
坐中發美讚，異氣同音軌。臨川獻清酤，微歌發皓齒。
素琴揮雅操，清聲隨風起。斯會豈不樂，恨無東野子。
酒中念幽人，守故彌終始。但當體七弦，寄心在知己。

張華

晉·司空

【導讀】

張華，字茂先，范陽方城人。少好文義，博覽墳典。爲太常博士，轉兼中書郎，後詔加右光祿大夫，封壯武公，遷司空。趙王倫廢賈后，華不從，被殺。華強記默識，博學多聞，當時推爲第一。晉武帝嘗問漢宮室制度，及建章千門萬戶，華應對如流，聽者忘倦，畫地成圖，左右屬目，武帝甚異之。時人比之春秋子產。

華誘進人物不倦，士有一善者，便爲之推譽。著有《博物志》十卷。其詩尚藻飾，後人輯有《張茂先集》。明許學彝《詩源辨體》卷五第二十條曰：「張茂先五言，得風人之致。」

其源出於王粲。其體華豔，興託不奇❶。巧用文字，務爲妍冶❷。雖名高曩代❸，而疏亮之士❹，猶恨其兒女情多，風雲氣少❺。謝康樂云：「張公雖復千篇，猶一體耳。」今置之中品，疑弱，處之下科，恨少，在季、孟之間矣❻。

【注　釋】

❶其體華豔兩句：張華詩詞藻溫麗富豔，而無寄託之旨。華豔而不求意蘊。興託：寄託、寓意。奇：佳、高。❷務爲妍冶：力事豔麗。務：強力以赴。妍冶：妍麗、妖冶。明許學彝《詩源辨體》卷五第二十一條云：「茂先情麗，正叔語工。茂先如『朱火清無光，蘭膏坐自凝。』『佳人處遐遠，蘭室無容光。』『巢居知風寒，穴處識陰雨。不曾遠別離，安知慕儔侶。』等句，甚情甚麗。」❸曩代：前代。❹疏亮之士：通脫豁達的人。❺猶恨其兒女情多兩句：恨，遺憾。多兒女之柔情，少風骨豪氣。風雲：指風起雲湧之磅礡氣概。清何焯《義門讀書記》卷四十六云：「張茂先〈勵志詩〉。張公詩惟此一篇，餘皆女郎詩也。」❻今置之中品疑弱五句：〈詩品序〉云：「至斯三品升降，差非定制，方申變裁，請寄知者耳。」列品之難，其苦衷可見。至於張華，鍾嶸以爲宜在中品、下品之間。權衡輕重，以置之中品爲宜。季、孟之間：《史記‧孔子世家》：「魯亂，孔子適齊。異日，景公止孔子曰：『奉子以季氏，吾不能。』以季、孟之間待之。』」《集解》引孔安國曰：「魯三卿，季氏爲正卿，最貴；孟氏爲下卿，不用事。言待之以二者之間也。」

【譯　文】

張華的詩淵源於王粲。他的詩體裁華麗富豔，而比興寓意不深。字句用得工巧，竭力追新求豔。雖然在前代名聲很高，但通脫豁達之士，還是遺憾他的詩柔情太多，氣概不足。謝靈運說：「張公即使有千首詩，仍是一副老面孔！」現在將他列入中品，嫌薄弱了些；列爲下品，又顯得虧待了他。宜在兩者之間罷了。

【附錄】

情詩 五首選二

張華

清風動帷簾，晨月照幽房。佳人處遐遠，蘭室無容光。
襟懷擁靈景，輕衾覆空牀。居歡惜夜促，在感怨宵長。
撫枕獨嘯歎，感慨心內傷。

游目四野外，逍遙獨延佇。蘭蕙緣清渠，繁華蔭綠渚。
佳人不在茲，取此欲誰與。巢居知風寒，穴處識陰雨。
不曾遠別離，安知慕儔侶。

魏・尚書 何晏

晉・馮翊守 孫楚

晉・著作 王讚

晉・司徒掾 張翰

【導讀】

何晏，字平叔，南陽宛人。曹爽秉政，以晏爲尚書。晏少以才秀知名，好老莊言，和夏侯玄、王弼等倡導玄學，競尚清談，是三國時著名的玄學家。有《論語集解》一書傳世。

孫楚，字子荆，太原人。征西扶風王駿與楚舊好，起爲參軍。惠帝初，爲馮翊太守。楚才藻卓絕，爽邁不群，多所陵傲，故缺鄉曲之譽。富文才，曾爲石苞作〈與孫皓書〉，文見《昭明文選》。後人輯有《孫子荆集》。

王讚，字正長，義陽人。辟司空掾，歷散騎侍郎。

張翰，字季鷹，吳郡人。齊王冏辟爲東曹掾。睹天下亂，東歸，卒於家中。

晉・中書令

潘尼

潘尼，字正叔，滎陽中牟人。初應州辟，後以父老歸。歷中書令，永嘉中，遷太常卿。尼少有清才，性靜退不競，唯以勤學著述為事。著《安身論》以明所守。與從父潘岳具以文章知名。後人輯有《潘太常集》。

平叔鴻鵠之篇❶，風規見矣❷。子荊零雨之外❸，正長朔風之後❹，雖有累札，良亦無聞❺。季鷹黃華之唱❻，正叔綠蘩之章❼，雖不具美，而文采高麗❽，並得虬龍片甲，鳳皇一毛❾。事同駁聖，宜居中品❿。

【注　釋】

❶平叔鴻鵠之篇：何晏〈擬古詩〉有「鴻鵠比翼遊」之句。❷風規見矣：風規，風格、規範，猶言詩之體制。見，同現，明許學彝《詩源辨體》卷四第四十六條曰：「何晏五言二篇，託物興寄，體制猶存。」❸子荊零雨之外：孫楚〈征西官屬送於陟陽候作〉詩，有「晨風飄歧路，零雨被秋草」句。此句意謂：孫楚除「零雨」這首詩以外，……。清何焯《義門讀書記》卷四十六謂此詩「骨力甚健。」❹正長朔風之後：王讚〈雜詩〉有「朔風動秋草，邊馬有歸心」之句。之後：即注❸「之外」之意。按：《宋書・謝靈運傳論》有「子荊零雨之章，正長朔風之句。」可見該詩在當時頗受推崇。❺雖有累札兩句：謂孫楚、王讚除上引二詩外，雖尚有不少詩篇，實在已無人知曉。累札：許多詩作。❻季鷹黃華之唱：張翰〈雜詩〉有「黃華如散

金」句。清何焯《義門讀書記》卷四十七謂此詩「胸懷本趣」。❼正叔綠蘩之章：潘尼〈迎大駕詩〉有「綠蘩被廣隰」句。❽雖不具美兩句：具美，都好。高麗：高妙華麗。具，通俱。❾並得兩句：言此五人俱以一首詩著聞，如龍之鱗甲，鳳之羽毛。雖少，亦稀有之物。虬：龍之有角者。鳳皇：即鳳凰。❿事同駁聖兩句：駁聖，不純的聖人。駁：馬毛色不純。聖：聖人。《詩品》評詩，首推曹植。〈詩品序〉云：「陳思爲建安之傑。」又云：「昔曹、劉殆文章之聖。」雖曹植、劉楨並舉，實則以曹爲主，因曹及劉，且劉楨詩豈可與曹植詩同日而語耶？《詩品》卷上評曹植有云：「陳思之於文章也，譬人倫之有周、孔，鱗羽之有龍鳳，音樂之有琴笙，女工之有黼黻。……故孔氏之門如用詩，則公幹升堂，思王入室，景陽、潘、陸，自可坐於廊廡之間矣。」以聖喻詩，則曹植可爲周、孔，以物喻詩，則曹植爲龍鳳。現何晏等五人，猶聖而駁雜不純，猶龍鳳而片甲、一羽，故宜居中品。夫「駁聖」一詞，文獻無徵，歷來注家又付之闕如。現據《孟子．公孫丑上》引子貢語曰：「學不厭，智也；教不倦，仁也。仁且智，夫子既聖矣。」又曰：「子夏、子游、子張皆有聖人之一體，冉牛、閔子、顏淵具體而微。」「有聖人之一體」，即「駁聖」之意明矣。且何晏「鴻鵠」已具風規，孫楚、王讚之「零雨」、「朔風」，已見沈約《宋書．謝靈運傳論》，其中有「子荆零雨之章，正長朔風之句」云云，可見該詩於當代已名噪一時矣。張翰、潘尼「並得虬龍片甲，鳳皇一毛」，其詩已入「聖」境，只是「累札」較多，而佳什寥寥而已。可見何晏等人，雖清辭麗曲時發乎篇，而蕪音累氣固亦多矣。以聖爲喻，乃雜而不純，此之謂「駁聖」也矣。鍾嶸評沈約云：「約所著既多，今剪除淫雜，收其精要，允爲中品之第矣。」何晏等人，歸諸中品，亦此意也。

【譯　文】

何晏的〈擬古詩〉「鴻鵠」篇，風範已現。孫楚的〈零雨被秋草〉一首以外，王讚的〈雜詩〉「朔風動秋草」一篇之後，他們雖然還有不少詩作，但實在不太聞名了。張翰〈雜詩〉「黃華如散金」篇，潘尼〈迎大駕詩〉「綠蘩被廣隰」篇，他們的詩雖然並非首首都好，但文采高妙華麗，都有鳳毛麟角的價值，正如不是十全十美的聖人一樣，應該歸入中品。

【附錄】

擬古

何晏

鴻鵠比翼遊，群飛戲太清。身常入網羅，憂禍一旦並。
豈若集五湖，順流唼浮萍。逍遙放志意，何爲怵惕驚。

征西官屬送於陟陽侯作詩

孫楚

晨風飄歧路，零雨被秋草。傾城遠追送，餞我千里道。
三命皆有極，咄嗟安可保。莫大於殤子，彭聃猶爲夭。
吉凶如糾纏，憂喜相紛繞。天地爲我鑪，萬物一何小。
達人垂大觀，誡此苦不早。乖離即長衢，惆悵盈懷抱。

孰能察其心，鑑之以蒼昊。齊契在今朝，守之與偕老。

雜詩

王讚

朔風動秋草，邊馬有歸心。胡寧久分析，靡靡忽至今。
王事離我志，殊隔過商參。昔往鶬鶊鳴，今來蟋蟀吟。
人情懷舊鄉，客鳥思故林。師涓久不奏，誰能宣我心。

雜詩

張翰

暮春和氣應，白日照園林。青條若總翠，黃華如散金。
嘉卉亮有觀，顧此難久耽。延頸無良塗，頓足託幽深。
榮與壯俱去，賤與老相尋。歡樂不照顏，慘愴發謳吟。
謳吟何嗟及，古人可慰心。

迎大駕詩

潘尼

南山鬱岑崟，洛川迅且急。青松蔭脩嶺，綠蘩被廣隰。
朝日順長塗，夕暮無所集。歸雲乘幰浮，淒風尋帷入。
道逢深識士，舉手對吾揖。世故尚未夷，崤函方嶮澀。
狐狸夾兩轅，豺狼當路立。翔鳳嬰籠檻，騏驥見維縶。
俎豆昔嘗聞，軍旅素未習。且少停君駕，徐待干戈戢。

應璩

魏・侍中

【導讀】

應璩，字休璉，汝南人，應瑒之弟。明帝時，歷官散騎侍郎，後遷侍中，典著作。曾作〈百一詩〉，譏刺時政。原有集十卷，已亡佚。明人張溥輯有《應德璉休璉集》。

劉勰《文心雕龍・明詩》云：「若乃應璩〈百一〉，獨立不懼，辭譎義貞，亦魏之遺直也。」明許學夷《詩源辨體》卷四第三十六條曰：「應璩〈百一詩〉，則猶近拙樸。……是慕好古之名，而不得其實者也。」亦見仁見智，各是其是之說。按：應璩所作〈百一詩〉，世甚稱之。然何謂「百一」，人所莫解。

李善《文選注》謂有三義焉：一曰應璩詩共有一百零一篇；二曰以百字爲一首；三曰百慮之有一失。此亦聊備一說耳。

祖襲魏文❶。善爲古語❷，指事殷勤❸，雅意深篤❹，得詩人激

刺之旨❺。至於「濟濟今日所」，華靡可諷味焉❻。

【注 釋】

❶祖襲魏文：淵源於曹丕。祖襲：亦淵源之意。襲：沿襲。陳延傑《詩品注》云：「今觀其文體，頗似魏文『西北有浮雲』也。」❷善爲古語：按，璩詩如「下流不可處」，「是謂仁智居」，「文章不經國」，「賤子實空虛」等語，皆古語也。❸指事殷勤：謂指責世事殷切勤謹。《文選》李善《注》引《楚國先賢傳》曰：「汝南應璩作〈百一詩〉，譏切時事。」明胡應麟《詩藪・外編》卷一云：「應璩〈百一〉，舊謂規曹爽作。今讀之絕無此意。惟『細微可不慎』一篇，皆諫戒語。」❹雅意深篤：雅意，雅正之意。深篤：深厚。❺得詩人激刺之旨：〈毛詩序〉云：「上以風化下，下以風刺上。」《論語・陽貨》又有興、觀、群、怨之說。故知諷刺而怨悱，正合聖人之意、諷人之旨。應璩作〈百一詩〉「譏刺時事」，深得詩人激切怨刺之義。❻至於「濟濟今日所」兩句：按：逯欽立輯《先秦漢魏晉南北朝詩》上冊〈魏詩〉卷八，輯錄應璩五言詩十八首，散句若干，未見「濟濟今日所」句，蓋佚詩句也。華靡：華麗、綺靡。諷味：諷誦玩味。

【譯 文】

應璩詩祖源於曹丕。好作古人語，詩中所指責的時事，懇切中肯，雅正之意深厚純眞，有古代詩人激濁揚清的諷諭傳統。至於像「濟濟今日所」這樣的詩句，則是華美綺靡足供諷誦玩味的了。

【附錄】

百一詩

應璩

下流不可處，君子慎厥初。名高不宿著，易用受侵誣。
前者隳官去，有人適我閭。田家無所有，酌醴焚枯魚。
問我何功德，三入承明廬。所占於此土，是謂仁智居。
文章不經國，筐篋無尺書。用等稱才學，往往見歎譽？
避席跪自陳，賤子實空虛，宋人遇周客，慚愧靡所如。

陸雲 晉・清河守

石崇 晉・侍中

曹攄 晉・襄城太守

何劭 晉・朗陵公

【導讀】

陸雲，字士龍，吳郡人。與兄陸機，並稱「二陸」。曾任清河內史，亦稱陸清河。機爲成都王司馬穎所誅，雲亦同時遇害。明張溥輯有《陸士龍集》。《文心雕龍・才略》云：「士龍朗練，以識檢亂，故能布朵鮮淨，敏於短篇。」

石崇，字季倫，南皮人。歷任散騎常侍、荆州刺史，累遷侍中。崇有妓名綠珠，孫秀使人求之，崇不許，秀遂勸趙王倫誅崇。今存五言詩三首，以〈王明君辭〉爲最，淸何焯《義門讀書記》卷四十七云：「石季倫〈王明君辭〉逼似陳王。此詩可以諷失節之士。」

曹攄，字顏遠，譙國人。初補臨淄令，轉洛陽令，齊王冏輔政，攄與左思俱爲記室。惠帝末，起爲襄城太守。永嘉時爲征南司馬。討流人王逌，軍敗而死。現存五言詩三首，〈感舊詩〉流傳較廣，淸何焯《義門讀書記》卷四十七云：「曹顏遠〈感舊詩〉，淺薄無餘味。殷領軍誦之而泣下，蓋各有所感耳。」

何劭，字敬祖，陳國人。初爲相國掾。稍遷尚書左僕射。蕘，襲封朗陵郡公。《義門讀書記》卷四十六云：「何敬祖〈遊仙詩〉，遊仙正體。弘農其變。此詩似爲愍懷太子作。」

清河之方平原❶，殆如陳思之匹白馬❷。於其哲昆❸，故稱「二陸」❹。季倫、顏遠，並有英篇❺。篤而論之，朗陵爲最。

【注釋】

❶清河之方平原：方，比也。❷殆如陳思之匹白馬：殆，大概。白馬：指白馬王曹彪。匹：即上文「方」義。按：曹植詩列上品，曹彪列爲下品；陸機詩列上品，陸雲列爲中品。二曹、二陸雖同屬兄弟，而詩歌成就高下懸殊。《詩品》卷下評曹彪，有「以莛扣鐘」之喻，其主張可見矣。❸哲昆：哲，賢哲。昆：昆仲。哲昆在此處猶言賢兄。❹「二陸」：指陸機、陸雲。❺季倫、顏遠並有英篇：指石崇〈王明君辭〉，曹攄〈感舊詩〉，前人對此二詩之稱頌，已見〈導讀〉。並：都。

【譯文】

拿陸雲同陸機相比，大概像曹植之比於曹彪。由於有他賢兄在，故「二陸」並稱。石崇、曹攄，都有佳作。平心而論，四人之中何劭最突出。

【附錄】

爲顧彥先贈婦 兩首選一

陸雲

悠悠君行邁，煢煢妾獨止。山河安可逾，永路隔萬里。
京室多妖冶，粲粲都人子。雅步擢纖腰，巧笑發皓齒。
佳麗良可美，衰賤焉足紀。遠蒙眷顧言，銜恩非望始。

王明君辭 並序

石崇

王明君者，本是王昭君，以觸文帝諱，改焉。匈奴盛，請婚於漢，元帝以後宮良家子昭君配焉。昔公主嫁烏孫，令琵琶馬上作樂，以慰其道路之思。其送明君亦必爾也。其造新曲，多哀怨之聲。故敍之於紙云爾。

我本漢家子，將適單于庭。辭訣未及終，前驅已抗旌。
僕御涕流離，轅馬悲且鳴。哀鬱傷五内，泣淚濕朱纓。
行行日已遠，遂造匈奴城。延我於穹廬，加我閼氏名。

殊類非所安，雖貴非所榮。父子見凌辱，對之慚且驚。
殺身良不易，默默以苟生。苟生亦何聊？積思常憤盈。
願假飛鴻翼，乘之以遐征。飛鴻不我顧，佇立以屏營。
昔爲匣中玉，今爲糞上英。朝華不足歡，甘與秋草並。
傳語後世人，遠嫁難爲情。

感舊詩

曹攄

富貴他人合，貧賤親戚離。廉藺門易軌，田竇相奪移。
晨風集茂林，棲鳥去枯枝。今我唯困蒙，群士所背馳。
鄉人敦懿義，濟濟蔭光儀。對賓頌有客，舉觴詠露斯。
臨樂何所歎，素絲與路歧。

遊仙詩

何劭

青青陵上松，亭亭高山柏。光色冬夏茂，根柢無凋落。

吉士懷貞心，悟物思遠託。揚志玄雲際，流目矚巖石。
羨昔王子喬，友道發伊洛。迢遞陵峻嶽，連翩御飛鶴。
抗迹遺萬里，豈戀生民樂？長懷慕仙類，眩然心綿邈。

晉・太尉 劉琨

晉・中郎 盧諶

【導讀】

劉琨，字越石，中山人。漢中山靜王劉勝之後。初辟太尉隴西秦王府，未就，尋爲博士，未之職。愍帝時，任大將軍，都督幷、冀、幽三州諸軍事。晉室南渡，轉任侍中太尉。後與石勒、劉曜對抗，兵敗投降段匹磾，爲段殺害。明張溥輯有《劉中山集》。成語「先吾著鞭」、「枕戈待旦」、「聞雞起舞」，均出自劉琨。清何焯《義門讀書記》卷四十六云：「劉越石〈答盧諶〉，書詞慷慨，有建安諸人韻。詩則二雅之變。」

盧諶，字子諒，范陽人。劉琨主簿，轉從事中郎，後依石季龍。冉閔誅石氏，諶隨閔軍遇害。劉勰《文心雕龍・才略》：「劉琨雅壯而多風，盧諶情發而理昭，亦遇之於時勢也。」

其源出於王粲❶。善爲悽戾之詞❷，自有清拔之氣❸。琨既體良才❹，又罹厄運❺，故善敘喪亂，多感恨之詞❻。中郎仰之❼，微（ㄨㄟˊ）不（ㄅㄨˊ）逮（ㄉㄞˋ）者（ㄓㄜˇ）矣（ㄧˇ）❽。

【注 釋】

❶其源出於王粲：鍾嶸評王粲曰：「發愀愴之詞。」評劉琨則曰：「善爲悽戾之詞。」清劉熙載《藝概・詩概》曰：「鍾嶸謂越石詩出於王粲，以格言耳。」劉、王詩格調相近。❷悽戾：悲涼、辛酸。❸清拔之氣：清勁、挺拔的文風。明許學彝《詩源辨體》卷五第二十七條曰：「劉越石五言，篇什不多。其〈贈盧諶〉及〈扶風歌〉，語甚渾樸，氣頗遒邁，元裕之詩謂『可惜并州劉越石，不教橫槊建安中』。是也。」❹琨既體良才：謂劉琨既具良才。體：包含、容納，《易・乾》：「君子體仁足以長人。」《疏》：「言君子之人，體包仁道，泛愛施上，足以尊長於人也。」《晉書・劉琨傳》云：「琨少負志氣，有縱橫之才。」❺又罹厄運：又遭遇到危厄之命運。琨爲段匹磾所拘、所害。罹：遭難。❻故善敘喪亂兩句：清沈德潛《古詩源》云：「越石英雄失路，萬緒悲涼，故其詩隨筆傾吐，哀音無次，讀者烏得於語句間求之。」清何焯《義門讀書記》卷四十六評〈重贈盧諶〉一詩謂：「慷慨悲涼，故是幽、并本色。」清劉熙載《藝概・詩概》曰：「兼悲壯者，其唯劉越石乎！」按：越石天性勁氣直辭，又遇世亂，宜乎其「善敘喪亂，多感恨之詞。」❼中郎仰之：中郎，指盧諶，盧諶曾官從事中郎。仰：仰承，指仰承而有所不及。《晉書・劉琨傳》云：「琨爲段匹磾所拘，自知必死，神色怡如也。爲五言詩贈其別駕盧諶，琨詩託意非常，攄暢幽憤，遠想張、陳，感鴻門、白登之事，用以激諶。諶素無奇略，以常詞酬和，殊乖琨心。」❽微不逮者矣：微，略微。不逮：不及。清何焯《義門讀書記》卷四十六云：「盧子諒〈贈劉琨〉書中云貢詩一篇，此贈字後人所題。書詞非不翩翩，但多陳言耳。」按：豈獨書詞而已，詩句亦然。劉琨〈重贈盧諶詩〉末句：「何意百煉鋼，化爲繞指柔。」無可奈何之怨憤，溢於言表。盧諶〈答劉琨詩〉末句則云：「再煉或致屈，繞指所以伸。」純屬虛與周旋之詞。

【譯文】

劉琨的詩淵源於王粲。善於寫悲涼、悽楚之詞。但自有清剛、挺拔的氣勢。劉琨既具有優良的詩才，又遭受厄運的磨礪，所以擅長敘寫喪亂題材，頗多感慨怨恨的情調。盧諶仰承他的作品，而略有不及。

【附錄】

重贈盧諶

劉　琨

握中有懸璧，本自荊山璆。惟彼太公望，昔在渭濱叟。
鄧生何感激，千里來相求。白登幸曲逆，鴻門賴留侯。
重耳任五賢，小白相射鉤。苟能隆二伯，安問黨與讎？
中夜撫枕歎，想與數子遊。吾衰久矣夫，何其不夢周？
誰云聖達節，知命故不憂？宣尼悲獲麟，西狩涕孔丘。
功業未及建，夕陽忽西流。時哉不我與，去乎若雲浮。
朱實隕勁風，繁英落素秋。狹路傾華蓋，駭駟摧雙輈。
何意百鍊鋼，化爲繞指柔！

覽古詩

盧諶

趙氏有和璧，天下無不傳。秦人來求市，厥價徒空言。
與之將見賣，不與恐致患。簡才備行李，圖令國命全。
藺生在下位，繆子稱其賢。奉辭馳出境，伏軾徑入關。
秦王御殿坐，趙使擁節前。揮袂睨金柱，身玉要俱捐。
連城既僞往，荊玉亦眞還。爰在澠池會，二主克交歡。
昭襄欲負力，相如折其端。眥血下沾襟，怒髮上衝冠。
西缶終雙擊，東瑟不隻彈。捨生豈不易，處死誠獨難。
稜威章臺顚，彊御亦不干。屈節邯鄲中，俛首忍回軒。
廉公何爲者，負荊謝厥諐。智勇蓋當代，弛張使我歎。

郭璞

晉・宏農太守

【導讀】

郭璞，字景純，河東聞喜人。性放散，不修威儀。以時亂避地渡江，官著作佐郎，後爲王敦記室參軍。敦謀逆，璞以勸阻敦起兵，被殺。及敦平，追贈宏農太守。

郭璞好經術，博洽多聞，擅辭賦，通陰陽曆算、卜筮之術。又好古文奇字，釋《爾雅》、《方言》、《山海經》、《穆天子傳》等。

《文心雕龍・明詩》云：「江左篇制，溺乎玄風，嗤笑徇務之志，崇盛忘機之談，袁孫以下，雖各有雕采，而辭趣一揆，莫與爭雄，所以景純仙篇，挺拔而爲俊矣。」該書〈才略〉云：「景純豔逸，足冠中興，郊賦既穆穆以大觀，仙詩亦飄飄而凌雲矣。」《南齊書・文學傳》亦云：「江左風味，盛道家之言，郭璞舉其靈變。」

明許學彝《詩源辨體》卷五云：「西晉六十年，而作者甚多；東晉百餘年，而作者絕少。王元美云：『渡江以後，作者無幾，非惟戎馬爲阻，當由清談間之。』」

故郭璞〈遊仙〉之作，變創一代詩風。

憲章潘岳❶，文體相輝❷，彪炳可翫❸。始變永嘉平淡之體，故稱中興第一❹。翰林以爲詩首❺。但〈遊仙〉之作，詞多慷慨，乖遠玄宗❻。其云：「奈何虎豹姿。」又云：「戢翼棲榛梗。」乃是坎壈詠懷，非列仙之趣也❼。

【注釋】

❶憲章潘岳：憲章，效法。《禮記·中庸》：「仲尼祖述堯舜，憲章文武。」❷文體相輝：謂郭璞詩風格與潘岳詩風格一致，相映成輝。相輝：競相爭輝。按：鍾嶸評潘岳，引李充《翰林論》謂其詩「翩翩然如翔禽之有羽毛，衣服之有綃縠」。又引謝混語曰：「潘詩爛若舒錦。」評郭璞謂「彪炳可玩」。蓋其風格近似故也。❸彪炳可翫：彪炳，文采煥發。可玩：足供翫味。❹始變永嘉平淡之體兩句：永嘉，西晉懷帝年號，西元三〇七～三一三年。鍾嶸〈詩品序〉云：「永嘉時，貴黃老，稍尚虛談，於時篇什，理過其辭，淡乎寡味。爰及江表，微波尚傳。孫綽、許詢、桓、庾諸公詩，皆平典似道德論，建安風力盡矣。先是，郭景純用雋上之才，變創其體；劉越石仗清剛之氣，贊成厥美。」「始變永嘉平淡之體」，即此意也。中興：由衰落而重新興盛。《詩經·大雅·烝民·序》：「任賢使能，周室中興焉。」❺翰林以爲詩首：翰林，指李充《翰林論》。其書已亡。詩首之說未詳。❻乖遠玄宗：乖遠，背離、遠離。

玄宗：本指宗教之理，此處指玄學之理。❼其云：「奈何虎豹姿」四句：按，據逯欽立輯《先秦漢魏晉南北朝詩》，郭璞〈遊仙〉之作凡十九首，其中無「奈何虎豹姿」、「戢翼棲榛梗」兩首，蓋佚詩也。坎壈：坎坷不得志，遭遇不順利。列仙：諸仙。明許學夷《詩源辨體》卷五曰：「景純〈遊仙〉中雖雜坎壈之語，至如『放情凌霄外，嚼蕊挹飛泉。』『神仙排雲出，但見金銀臺。』『升降隨長煙，飄颻戲九垓。』『鮮裳逐電曜，雲蓋隨風回。』等句，則亦稱工矣。」許以為此皆列仙之趣也。又如：清何焯《義門讀書記》卷四十六云：「景純之〈遊仙〉，即屈原之〈遠遊〉也。章句之士，何足以知之？」則又證「坎壈」之說矣。

【譯文】

郭璞詩效法潘岳，詩歌風格可同潘岳相與爭輝，文采輝煌，可供品賞。開始轉變永嘉時期平淡無奇的詩風，稱得上是重振詩壇的第一功臣。李充《翰林論》認為他是當代「詩首」。但是他的〈遊仙〉之作，詞語頗多感慨，背離了道家宗旨。他的詩句「奈何虎豹姿」，還有「戢翼棲榛梗」，已是坎坷失意的詠懷詩，而不再是遊仙詩的旨趣了。

【附錄】

遊仙詩 十九首選二

郭璞

京華游俠窟，山林隱遁棲。朱門何足榮，未若託蓬萊。
臨源挹清波，陵岡掇丹荑。靈谿可潛盤，安事登雲梯。

漆園有傲吏，萊氏有逸妻。進則保龍見，退爲觸藩羝。
高蹈風塵外，長揖謝夷齊。
逸翮思拂霄，迅足羨遠遊。清源無增瀾，安得運吞舟？
珪璋雖特達，明月難暗投。潛穎怨青陽，陵苕哀素秋。
悲來惻丹心，零淚緣纓流。

袁宏

晉·吏部郎

【導讀】

袁宏，字彥伯，小字虎，陳郡陽夏人。謝尚引爲參軍，累遷大司馬桓溫記室。後自吏部郎出爲東陽太守。袁宏少孤貧，有逸才，文章絕美。

嘗以舊有諸家《後漢書》雜亂，因撰集《後漢紀》三十卷，與范曄《後漢書》並傳。劉勰《文心雕龍·才略》云：「袁宏發軫以高驤，故卓出而多偏。」

彥伯〈詠史〉❶，雖文體未遒❷，而鮮明緊健❸，去凡俗遠矣。

【注釋】

❶彥伯〈詠史〉：《世說新語注》引《續晉陽秋》曰：「虎少有逸才，文章絕麗。曾爲〈詠史詩〉，是其風情所寄。少孤而貧，以運租爲業。謝尚時鎮牛渚，乘秋佳風月，微服泛江。會虎在運租船中諷詠，聲既清會，辭又藻拔，非尚所曾聞。乃遣問訊，答曰：『是袁宏臨汝郎誦詩。即其〈詠史〉之作也。』」按：今存袁宏〈詠史詩〉二首。虎：袁宏小字也。❷文體未遒：文體，指文章風格。遒：強勁有力。明胡應麟《詩藪·外編》卷二曰：「晉人能文而不能詩者袁宏，名出一時。所存〈詠史〉二章，吃訥陳腐可笑，當時亦以爲工。」❸鮮明緊健：清新、明曉，

緊湊、穩健。陳延傑《詩品注》卷中曰：「此詩是學左太沖者，有諷諭之致，特波瀾不大耳。」

【譯文】

袁宏的〈詠史詩〉，雖說風格不夠強勁有力，但清新、曉暢，緊湊、穩健，比一般的詩要好多了。

【附錄】

詠史詩 兩首選一

袁宏

周昌梗概臣，辭達不爲訥。汲黯社稷器，棟梁天表骨。
陸賈厭解紛，時與酒檮杌。婉轉將相門，一言和平勃。
趨舍各有之，俱令道不沒。

晉・處士 郭泰機
晉・常侍 顧愷之
宋 謝世基
宋・參軍 顧邁

【導讀】

郭泰機，河南人，寒素後門之士，不曾仕宦，故稱處士。有〈答傅咸詩〉一首。

顧愷之，字長康，晉陵無錫人。初爲桓溫大司馬參軍，後爲殷仲堪參軍。義熙初，爲散騎常侍。顧愷之博學有才氣，尤善繪畫，謝安甚爲器重。時稱愷之有三絕：才絕、畫絕、癡絕。

謝世基，宋衞將軍謝晦之從子。《宋書・謝晦傳》：「有才氣。晦被誅，世基坐從。其將刑，爲〈連句詩〉曰：『偉哉橫海鯨，壯矣垂天翼。一旦失風水，翻爲螻蟻食。』」

宋·參軍

戴凱

顧邁、戴凱，二人生平不詳，詩今不存。

泰機「寒女」之製❶，孤怨宜恨❷，長康能以二韻答四首之美❸。世基「橫海」，顧邁「鴻飛」❹。戴凱人實貧羸❺，而才章富健。觀此五子，文雖不多，氣調警拔❻。吾許其進，則鮑照、江淹，未足逮止。越居中品，僉曰宜哉❼。

【注釋】

❶泰機「寒女」之製：郭泰機〈答傅咸〉詩，首句爲：「皦皦白素絲，織爲寒女衣。」即所謂「寒女」之製。清何焯《義門讀書記》卷四十六曰：「詩乃贈傅，非答也。」蓋後人傳鈔致錯也。

❷孤怨宜恨：郭泰機〈答傅咸〉詩通篇寄託，歎自己懷才不遇之感，所以說他獨自怨歎，宜其所恨矣。

❸長康句：《晉書·顧愷之傳》云：「(愷之)爲吟詠，自謂得先賢風製。」《世說新語·言語》云：「顧長康拜桓武墓，作詩云：『山崩溟海竭，魚鳥將何依。』」固知其能詩也。按：根據逯欽立輯《先秦漢魏晉南北朝詩》，顧長康今存五言一首：〈神情詩〉，是詩亦見《陶淵明集》。此外有若干散句。「二韻答四首之美」，未知所詳。

❹世基「橫海」，顧邁「鴻飛」：按，「橫海」即謝世基〈連句詩〉，已見〈導讀〉。「鴻飛」，不詳所指。顧邁詩今不存。

❺戴凱人

實貧羸：戴凱事迹不詳，亦無存詩。貧羸：家道貧寒，身體瘦弱。❻氣調警拔：指詩歌的氣韻風格出眾峭拔，不同凡響。❼吾許其進五句：意謂郭泰機等五人，與鮑照、江淹二人宜居同一品第。因此如果將此五人列爲上品，則鮑照、江淹亦必進入上品。而鍾嶸以爲鮑、江不夠上品資格，因此，郭泰機等五人以居中品爲宜。許其進：允許他們上升一個品第。進：就其所處地位向上曰進。如進學、進用、進賢、進爵等。逮：達到。止、越：此處均屬無意義之虛詞。僉：皆。

【譯　文】

郭泰機的「寒女」之詩，表現了個人的孤寂怨恨情緒，是應該的。顧愷之具有能夠以四句詩對答四首詩的絕招。謝世基有「橫海」之作，顧邁有「鴻飛」之篇。戴凱人雖然貧寒、瘦弱，但文才富足。統觀這五位詩人，作品雖然不多，但氣韻格調峭拔出眾，不同凡響。我要是同意把他們進爲上品；那麼，鮑照、江淹還達不到上品的程度。列居中品，大家都會認爲是恰當的。

【附　錄】

答傅咸詩

郭泰機

皦皦白素絲，織爲寒女衣。寒女雖妙巧，不得秉杼機。
天寒知運速，況復雁南飛。衣工秉刀尺，棄我忽若遺。

人不取諸身，世士焉所希？況復已朝餐，曷由知我飢？

宋・徵士 陶潛

【導讀】

陶淵明，字元亮，入宋名潛。潯陽人。曾爲州祭酒，復爲鎭軍、建威參軍。未幾，求爲彭澤令，在官八十餘日，棄官歸隱，以詩酒自娛。徵著作郎，不就。宋元嘉初卒，謚爲靖節居士。

其詩多描寫山川田園之美，自然清新，情韻悠長，亦間有嫉世激昂之作，若〈述酒〉、〈詠荊軻〉等作，有《陶淵明集》傳世。

宋姜夔《白石道人詩說》曰：「陶淵明天資既高，趣詣又遠，故其詩散而莊，淡而腴，斷不容作邯鄲步也。」宋許顗《彥周詩話》云：「陶彭澤詩，顏、謝、潘、陸皆不及者，以其平昔所行之事，賦之於詩，無一點愧詞，所以能爾。」

或引《太平御覽》卷五百八十六，謂陶淵明原在上品，經後人竄亂，乃置諸中品云云。

錢鍾書《談藝錄》第二十四條駁曰：「余所見景宋本《太平御覽》，引此則並無陶潛，二人所據，不知何本？單文孤證，移的就矢，以成記室一家之言，翻徵士千古之案。」亦可笑也矣。

其源出於應璩❶，又協左思風力❷。文體省淨，殆無長語❸。篤意眞古❹，詞興婉愜❺。每觀其文，想其人德❻。世歎其質直❼。至如「歡言醉春酒」❽，「日暮天無雲」❾，風華清靡，豈直爲田家語耶❿！古今隱逸詩人之宗也。

【注釋】

❶其源出於應璩：應璩詩用《論語》語，如「下流不可處」，「是謂仁智居」。陶淵明詩亦用《論語》語，如「舊穀猶儲今」，「屢空常晏如」，「憂道不憂貧」，「曲肱豈傷沖」等句。則其源一也。宋葉夢得《石林詩話》不同意此說，其卷下云：「梁鍾嶸作《詩品》，皆云某人詩出於某人……然論陶淵明乃以爲出於應璩，此語不知其所據。應璩詩不多見，惟《文選》載其〈百一詩〉一篇，所謂『下流不可處，君子愼厥初』者，與陶詩了不相類。《五臣注》引《文章錄》云：『曹爽用事，多違法度，璩作此詩，以刺在位，意若百分有補於一者。』淵明正以脫略世故，超然物外爲意，顧區區在位者何足累其心哉？且此老何嘗有意欲以詩自名，而追取一人而模倣之，此乃當時文士與世進取競進而爭長者所爲，何期此老之淺，蓋嶸之陋也。」明許學彝《詩源辨體》卷六第五條，亦持此說。按：以上兩說，各自有理，讀者宜自明之。❷又協左思風力：《詩源辨體》卷六第五條云：「鍾嶸謂：『淵明詩，其源出於應璩，又協左思風力。』葉少蘊嘗辯之矣。按：太沖詩渾樸，與靖節略相類。又，太沖常用魚、虞二韻，靖節亦常

用之，其聲氣又相類。」協：本協助、合作之意，引申為融匯、滲入。❸文體省淨，殆無長語：文風簡潔，無冗繁之語。《詩源辨體》卷六第十四條云：「靖節詩不為冗語，惟意盡便了。」省淨：繁蕪之反。殆：幾乎，差不多。長語：多餘的話。❹篤意眞古：篤意，誠摯之意。出自內心之意眞誠而純一，謂之篤意。眞古：眞誠而古樸。《詩源辨體》卷六第十七條謂：「靖節去古漸遠，直是直寫己懷。」❺詞興婉愜：詩的意興美好而恰當。❻每觀其文，想其人德：司馬遷《史記・孔子世家》：「太史公曰：『余讀孔氏書，想見其為人。』」此仿太史公語也。人德：其人之德行。德：人品，為人之道德。❼世歎其質直：《詩源辨體》卷六第十二條曰：「靖節詩直寫己懷，自然成文，中唯『飢來驅我去』，『相知何必舊』，『天道幽且遠』二三篇，語近質野耳。」質直：質樸無文而直露。❽「歡言醉春酒」：陶潛《讀山海經》詩中句。今本「醉」作「酌」。❾「日暮天無雲」：陶潛〈擬古〉詩中句。❿豈直為田家語耶：難道只是鄉里鄙語嗎？直：只是。田家語：農村中的粗言俗語。

【譯　文】

陶潛的詩淵源於應璩，又吸收融化了左思詩歌的風韻格調。文字簡潔、風格精練，幾乎沒有多餘的字句。詩意純眞、古樸，意興美好恰當。讀他的文章，總想起他的人品德行。社會上一般人歎惜他的詩過於質樸直露。至於像「歡言醉春酒」、「日暮天無雲」這樣的詩句，華美清麗，誰說只是村野鄙語呢？他是古今隱逸詩人的始祖。

【附　錄】

飲酒詩　二十首選一

陶　潛

結廬在人境，而無車馬喧。問君何能爾？心遠地自偏。
采菊東籬下，悠然見南山。山氣日夕佳，飛鳥相與還。
此中有眞意，欲辯已忘言。

雜詩 十二首選一

陶潛

人生無根蒂，飄如陌上塵。分散逐風轉，此已非常身。
落地爲兄弟，何必骨肉親。得歡當作樂，斗酒聚比鄰。
盛年不重來，一日難再晨。及時當勉勵，歲月不待人！

顏延之

宋・光祿大夫

【導讀】

顏延之，字延年，臨沂人。歷官至金紫光祿大夫。好讀書，無所不覽，文章之美，冠絕當時，與謝靈運齊名，世稱「顏謝」。延之喜飲酒，性狂誕，《南史・顏延之傳》云：「文帝嘗召延之，傳詔頻不見，常日但酒店裸袒挽歌，了不應對。他日醉醒，乃見。帝嘗問以諸子才能。延之曰：『竣得臣筆，測得臣文，躍得臣酒。』何尚之嘲曰：『誰得卿狂？』答曰：『其狂不可及。』」

明張溥《漢魏六朝百三家集・顏光祿集題辭》云：「延年文莫長於〈庭誥〉，詩莫長於〈五君〉。」

延年詩講求俳偶，用事繁博，蓋學深而才吝故也。

其源出於陸機❶。尚巧似❷。體裁綺密❸，情喻淵深❹。動無虛散❺，一句一字，皆致意焉❻。又喜用古事❼，彌見拘束❽，雖乖秀逸，是經綸文雅才❾。雅才減若人，則蹈於困躓矣❿。湯惠休曰：「謝詩如芙蓉出水，顏如錯采鏤金。」顏終身病之⓫。

【注釋】

❶其源出於陸機：清何焯《義門讀書記》卷四十六評機詩〈答賈長淵〉云：「鋪陳整贍，實開顏光祿之先。鍾嶸品第顏詩，以爲其源出於陸機，是也。然士衡較爲遒秀。」鍾嶸評陸機謂：「其咀嚼英華，厭飫膏澤，文章之淵泉也。」既爲淵矣，自有流也，是顏出於陸。❷尚巧似：鍾嶸評張協，謂「巧構形似之言」；評謝客，謂「尚巧似」；評顏詩，亦曰「尚巧似」。以下評鮑照曰：「善製形狀寫物之詞。」殆亦「巧似」意也。按：《宋書・謝靈運傳論》謂：「自漢至魏，四百餘年，辭人才子，文體三變。相如巧爲形似之言，班固長於情理之說。」此言馬、班之賦。陸機〈文賦〉：「賦體物而瀏亮。」「巧似」亦「體物」之義也。❸體裁綺密：《宋書・謝靈運傳論》云：「爰逮宋氏，顏、謝騰聲，靈運之興會標舉，延年之體裁明密，並方軌前秀，垂範後昆。」可見以延年詩「體裁綺密」乃當時通論也。綺密：華麗深密。❹情喻淵深：情致託喻深遠。❺動無虛散：謂顏詩無散漫蕪累之病。《義門讀書記》卷四十七評顏詩謂：「麗不病蕪。」陳延傑《詩品注》卷中云：「顏詩緣情而發，又頗自檢束，故動無虛散焉。」動：動輒，每每。❻一句一字，皆致意焉：謂一句一字皆致文意。亦即「動無虛散」之義也。清劉熙載《藝概・詩概》謂：「字字稱量而出，無一苟下也。」❼喜用古事：古事，典故。宋張戒《歲寒堂詩話》卷一：「詩以用事爲博，始於顏光祿。」❽彌見拘束：更加顯得不自然、做作。彌：愈加。拘束：即〈詩品序〉所謂「句無虛語，語無虛字，拘攣補衲」之意。在引典入詩方面，鍾嶸在〈詩品序〉中批評過顏延之，其云：「觀古今勝語，多非補假，皆由直尋。顏延、謝莊，尤爲繁密。於時化之，故大明、泰始中，文章殆同書鈔。」❾雖乖秀逸，是經綸文雅才：雖然背離了詩歌秀美輕逸的原則，但也是宏博富健文才的表現。義同〈詩品序〉：「詞既失高，則宜加事義，雖謝天才，且表學問。」經綸：《易・屯》：「雲雷屯，君子

以經綸。」《疏》：「經爲經緯，綸謂綱綸。」《梁書·王瞻傳》史臣曰：「洎東晉王弘茂經綸江左，時人方之管仲。」經綸，治理的意思。文雅才：泛指藝文禮樂之才能。❿雅才減若人兩句：意謂假若經綸文雅之才不如顏延之，則陷於窘迫了。雅才：即上文「經綸文雅才」。若人：此人。蹈：踏進、陷入。困躓：困頓，窘迫。⓫湯惠休曰四句：明許學彝《詩源辨體》卷七第十五條云：「《南史》載：『延年嘗問鮑照，己與靈運優劣。照曰：『謝五言如初發芙蓉，自然可愛；君詩若鋪錦列繡，亦雕繢滿眼。』湯惠休亦云：『謝詩如芙蓉出水，顏詩如錯采鏤金。』豈當時以艱澀深晦者爲鋪錦鏤金耶？然延年較靈運，其妙合自然者雖不可得，而拙處亦少。觀其集當知之。」錯采鏤金：指詩歌雕飾工麗。錯，塗飾也。

【譯文】

顏延之的詩淵源於陸機。喜歡巧妙地描繪景物。詩體華美繁密，情致寄託深遠。行文無散漫蕪累之病。一字一句，都有具體內容。又喜愛用典故，愈發顯得不自然。雖然違背了詩歌秀美輕逸的要求，也算是博學宏才的表現。倘若雅才不如他，那就會陷入窘迫之境了。湯惠休說：「謝靈運詩像芙蓉出水，顏延之詩塗彩雕金。」顏延之一輩子感到遺憾！

【附錄】

五君詠 五首選二

顏延之

阮步兵

阮公雖淪迹，識密鑑亦洞。沈醉似埋照，寓辭類託諷。
長嘯若懷人，越禮自驚眾。物故不可論，途窮能無慟。

嵇中散

中散不偶世，本自餐霞人。形解驗默仙，吐論知凝神。
立俗迕流議，尋山洽隱淪。鸞翮有時鎩，龍性誰能馴？

宋・豫章太守 謝瞻

宋・僕射 謝混

宋・太尉 袁淑

宋・徵君 王微

【導讀】

謝瞻，字宣遠。一名檐，字通遠。陳郡陽夏人。宋黃門郎，以弟晦權貴，求爲豫章太守。瞻，謝靈運之兄，謝混爲其族叔。《宋書・謝瞻傳》稱：「謝瞻詞采，與族叔混，弟靈運抗。」有五言詩六篇傳世。

謝混，字叔源，陳郡陽夏人。爲尙書右僕射，以黨劉毅，爲劉裕所殺。《南史・謝混傳》云：「混風格高峻，少所交納，唯與族子靈運、瞻、晦、曜以文義賞會。嘗居在烏衣巷，故謂之烏衣之交。」現存五言詩六首。詩風華綺。

袁淑，字陽源，陳郡陽夏人。彭城王起爲祭酒，後遷至左衞率府。孝武立，贈侍中太尉。後爲劉劭所害。現存五言詩五首。明張溥《漢魏六朝百三家集・袁忠憲集題辭》云：「文采遒豔，才辯鮮及……詩章雖寡，其摹古之篇，風氣竟逼建安。此人不死，顏謝未必能出其上也。」卒年四十六。清何焯《義門讀書記》卷四十七評其〈效曹子建白馬篇〉曰：「音節悲壯，近太沖。」

王微，字景玄，琅琊臨沂人。初爲始興王友，除南

王僧達

宋・征虜將軍

平王鑠右軍咨議參軍。微素無宦情，並陳疾不就。江湛舉爲吏部郎。陳延傑《詩品注》卷中云：「王微詩頗婉曲。」現存五言詩五首。

王僧達，琅琊臨沂人。元嘉中爲始興王後軍參軍，後爲征虜將軍。以屢犯上顏，於獄中死。年三十六。現存五言詩四首。

陳延傑《詩品注》卷中稱：「王僧達則著意追琢。」

其源出於張華❶。才力苦弱，故務其清淺，殊得風流媚趣❷。課其實錄❸，則豫章、僕射，宜分庭抗禮❹。徵君、太尉，可託乘後車❺。征虜卓卓，殆欲度驊騮前❻。

【注釋】

❶其源出於張華：謂五人同源，共出於茂先也。按：《詩品》卷中評張華曰：「其體華豔，興託不奇。巧用文字，務爲妍冶。」評謝瞻等五人則曰：「殊得風流媚趣。」其實一也。又，評張華則引謝康樂語云：「張公雖復千篇，猶一體耳。」此亦「才力苦弱」之謂也。❷才力苦弱三句：謂五人詩，才力不逮，故務爲清新淺近之作，然亦具風流嬌媚之趣。❸課其實錄：從詩歌的實際成就來考察。課：責、求，考察。實錄：符合實際的記載。《漢書・司馬遷傳贊》：「其文直，其事核，不虛美，不隱惡，故謂之實錄。」❹豫章、僕射，宜分庭抗禮：言

謝瞻、謝混詩難分高下。分庭抗禮：原指以平等禮節相見，後引申爲地位平等之意。抗亦作伉。❺後車：《詩經・小雅・緜蠻》：「命彼後車，謂之載之。」指副車、侍從之車。❻征虜卓卓兩句：卓卓，特立、突出之貌。《世說新語・容止》：「嵇延祖卓卓如野鶴之在雞群。」驊騮：赤色駿馬，亦名棗騮。度：過、越。

【譯　文】

謝瞻等五人詩，都淵源於張華。他們苦於才力不足，所以努力在清新淺近方面下工夫，很有風流嬌媚的情趣。考察他們的實際詩歌成就，可以說：謝瞻、謝混，難分高下；王微、袁淑，只能殿後；王僧達最爲突出，當越居駿馬群之前列。

【附　錄】

答靈運

謝　瞻

夕霽風氣涼，閒房有餘清。開軒滅華燭，月露皓已盈。
獨夜無物役，寢者亦云寧。忽獲愁霖唱，懷勞奏所成。
歎彼行旅艱，深茲眷言情。伊余雖寡慰，殷憂暫爲輕。
牽率酬嘉藻，長揖愧吾生。

遊西池

謝混

悟彼蟋蟀唱，信此勞者歌。有來豈不疾，良遊常蹉跎。
逍遙越城肆，願言屢經過。迴阡被陵闕，高臺眺飛霞。
惠風蕩繁囿，白雲屯曾阿。景昃鳴禽集，水木湛清華。
褰裳順蘭沚，徙倚引芳柯。美人愆歲月，遲暮獨如何？
無爲牽所思，南榮戒其多。

效古詩

袁淑

訊此倦遊士，本家自遼東。昔隸李將軍，十載事西戎。
結車高闕下，極望見雲中。四面各千里，縱橫起嚴風。
寒燠豈如節，霜雨多異同。夕寐北河陰，夢還甘泉宮。
勤役未云已，壯年徒爲空。迺知古時人，所以悲轉蓬。

雜詩 兩首選一

王微

思婦臨高臺，長想憑華軒。弄弦不成曲，哀歌送苦言。
箕帚留江介，良人處雁門。詎憶無衣苦，但知狐白溫。
日闇牛羊下，野雀滿空園。孟冬寒風起，東壁正中昏。
朱火獨照人，抱景自愁怨。誰知心曲亂，所思不可論！

和琅琊王依古詩

王僧達

少年好馳俠，旅宦游關源。既踐終古迹，聊訊興亡言。
隆周爲藪澤，皇漢成山樊。久沒離宮地，安識壽陵園。
仲秋邊風起，孤蓬卷霜根。白日無精景，黃沙千里昏。
顯軌莫殊轍，幽塗豈異魂。聖賢良已矣，抱命復何怨。

謝惠連

宋・法曹參軍

【導讀】

謝惠連，陳郡陽夏人。丹陽尹方明子。元嘉中，惠連爲司徒彭城王義康法曹行參軍。時人以與族兄謝靈運並稱「大小謝」。惠連十歲能屬文，書畫並妙。《南史・謝惠連傳》曰：「靈運見其新文，每曰：『張華重生，不能易也。』」

明張溥《漢魏六朝百三家集・謝法曹集題辭》云：「詩則〈秋懷〉、〈擣衣〉二篇居最。」

今存五言詩二十八首，五言散句若干。卒時年僅三十七。

小謝才思富捷❶。恨其蘭玉夙凋，故長轡未騁❷。〈秋懷〉、〈擣衣〉之作，雖復靈運銳思，亦何以加焉❸。又工爲綺麗歌謠，風人第一❹。《謝氏家錄》云：「康樂每對惠連，輒得佳語。後在永嘉西堂，思詩竟日不就，寤寐間，忽見惠連，即成『池塘生春草』。故嘗云：『此語有神助，非我語也❺。』

【注釋】

❶才思富捷：文才富足，詩思敏捷。❷恨其蘭玉夙凋兩句：謝惠連三十七歲去世，故曰「蘭玉夙凋，長轡未騁」。恨：遺憾。蘭玉：對別人優秀子弟的譽稱。《世說新語‧言語》：「譬如芝蘭玉樹，欲使其生於階庭耳。」蘭玉，即芝蘭玉樹之簡說。夙凋：早謝、早死。《詩經‧召南‧行露》：「豈不夙夜，謂行多露。」《箋》：「夙，早也。」長轡未騁：原意爲前程尚遠而未及馳騁。這裡是說惠連才思富捷，而偏早逝，才能未及充分展現。轡：馬轠繩。❸〈秋懷〉、〈擣衣〉之作三句：明張溥《漢魏六朝百三家集‧謝法曹集題辭》云：「〈雪賦〉雖名高麗，與希逸〈月賦〉，僅雁序耳。詩則〈秋懷〉、〈擣衣〉二篇居最，《詩品》云：『康樂銳思，無以復加。』若〈西陵遇風〉則非敵矣。」又云：「小謝雖才，得兄益顯」。按：「大小謝」雖齊名並稱，實小謝稍遜大謝，清何焯《義門讀書記》卷四十六評小謝〈西陵遇風獻康樂〉詩曰：「清便婉轉。此等語，亦復憲章陳王。但比之康樂爲差弱耳。」銳思：思路敏銳。何以加焉：無以復加之意。❹又工爲綺麗歌謠兩句：謝惠連今存樂府詩十四首，「綺麗歌謠」云云，蓋指此。按，謝惠連〈塘上行〉：「垂穎臨清池，擢彩仰華甍。霑渥雲雨潤，葳蕤吐芳馨」等句，可謂「綺麗」矣。風人：詩人。古之采詩官，曰風人。此專指歌謠、樂府之作者。❺《謝氏家錄》云等十一句：宋葉夢得《石林詩話》卷下云：「『池塘生春草，園柳變鳴禽。』世多不解此語爲工，蓋欲以奇求之耳。此語之工，正在無所用處，猝然與景相遇，藉以成章，不假繩削，故非常情所能到。詩家妙處，當須以此爲根本，而思苦言難者，往往不悟。」寤寐：夢寐。

【譯文】

小謝的文才詩思，富足而敏捷。可惜的是慧才而早逝，所以說是人未盡才。他的

〈秋懷〉、〈擣衣〉之作，縱使謝靈運思路敏銳，也不會寫得更好了。又擅長寫作華麗的樂府歌謠體，在樂府詩人中要算首屈一指的了。《謝氏家錄》說：「謝靈運每逢面對謝惠連，往往便得佳句。後來在永嘉西堂，想作詩而終日未成。睡夢中，忽然見到謝惠連，便得『池塘生春草』句。所以謝靈運曾說：『這句詩有神靈相助，不是我自己想出來的。』」

【附錄】

擣衣詩

謝惠連

衡紀無淹度，晷運倏如催。白露滋園菊，秋風落庭槐。
肅肅莎雞羽，烈烈寒螿啼。夕陰結空幕，宵月皓中閨。
美人戒裳服，端飾相招攜。簪玉出北房，鳴金步南階。
欄高砧響發，楹長杵聲哀。微芳起兩袖，輕汗染雙題。
紈素既已成，君子行未歸。裁用笥中刀，縫爲萬里衣。
盈篋自余手，幽緘候君開。腰帶準疇昔，不知今是非。

宋・參軍 鮑照

【導讀】

鮑照，字明遠。本上黨人，居東海。宋元嘉中，臨川王義慶愛其才，以爲國侍郎，又爲始興王濬侍郎。孝武即位，除臨海王子頊前軍參軍，掌書記，世號鮑參軍。江陵亂，子頊敗，爲亂軍所殺。鮑照才秀人微，史不立傳，《宋書》、《南史》並附於〈臨川烈武王道規傳〉後。

宋嚴羽《滄浪詩話・詩評》第十三條曰：「顏不如鮑，鮑不如謝。」謂明遠居於謝、顏之間。明許學夷《詩源辨體》卷七第二十三條曰：「謝靈運經緯綿密，鮑明遠步驟軼蕩。明遠五言如〈數詩〉、〈結客〉、〈薊門〉、〈東武〉等篇，在靈運之上。然靈運體盡俳偶，而明遠復漸入律體。但靈運體雖俳偶而經緯綿密，遂自成體；明遠本步驟軼蕩，而復入此窘步，故反傷其體耳。以全集觀，當自見矣。滄浪謂『顏不如鮑，鮑不如謝』，正以此也。」明張溥輯有《鮑參軍集》。

鮑照出身寒門，有志難酬，故其詩作時有懷才不遇和憤世疾俗之歎。

其源出於二張❶。善製形狀寫物之詞❷。得景陽之諔詭❸，含茂先之靡嫚❹。骨節強於謝混❺，驅邁疾於顏延❻。總四家而擅美❼，跨兩代而孤出❽。嗟其才秀人微，故取湮當代❾。然貴尚巧似，不避危仄❿，頗傷清雅之調。故言險俗者，多以附照⓫。

【注釋】

❶其源出於二張：二張指張協、張華。下文謂「得景陽之諔詭，含茂先之靡嫚。」可以為證。❷形狀寫物：形容其狀態，摹寫其物情。指描寫景物之形貌。❸得景陽之諔詭：清何焯《義門讀書記》卷四十七評明遠〈東門行〉謂：「直追十九首，又近景陽。鮑詩中過事誇飾，奇之又奇。」 清劉熙載《藝概・詩概》亦謂：「景陽詩開鮑明遠。」 諔詭：奇異。❹含茂先之靡嫚：《義門讀書記》卷四十七評明遠樂府詩曰：「詩至明遠，已發露無餘，李、杜、元、白，皆從此出也。鍾記室謂：其含景陽之諔詭，兼茂先之靡嫚。知之最深。然亦具太沖之瑰奇。」明胡應麟之《詩藪・外編》卷二曰：「宋人一代，康樂外，明遠信為絕出。上挽曹、劉之逸步，下開李、杜之先鞭。第康樂麗而能淡，明遠麗而稍靡。淡故居晉、宋之間，靡故涉齊、梁之軌。」《詩品》評張華謂「兒女情多，風雲氣少。」 鮑照詩亦趨華靡柔美一派。靡嫚：華靡輕緩。❺骨節強於謝混：明許學彝《詩源辨體》卷七第二十五條曰：「明遠五言，如『蔓草緣高隅，修楊夾廣津。迅風首旦發，平路塞飛塵』。樂府五言如『雞鳴洛城裡，禁門平旦開。冠蓋縱橫至，車騎四方來。』『驤馬金絡頭，錦帶佩吳鉤。失意杯酒間，白刃起相讎。』『嚴秋筋竿勁，虜陣精且強。天子按劍怒，使者遙相望。』『疾風沖塞起，沙礫自飛揚。馬毛縮如蝟，

角弓不可張」等句，最爲軼蕩，其氣象已近李杜。……較之顏謝，如釋險阻而就康莊矣。」此亦見骨力也。按：《詩品》評謝混「才力苦弱」，鮑照宜在其上。❻驅邁疾於顏延：《詩源辨體》卷七第二十四條謂：「明遠樂府五言，步驟軼蕩。」《詩品》評顏延之曰：「又喜用古事，彌見拘束。」驅邁疾於顏延，謂鮑照詩奇矯無前，強於顏詩。驅邁：驅馳邁越。疾：快，急速。❼擅美：獨擅其美。《宋書·謝靈運傳論》：「相如巧爲形似之言，班固長於情理之說，子建、仲宣以氣質爲體，並標能擅美，獨映當時。」❽跨兩代而孤出：兩代，指宋、齊兩代。謂鮑照兼善四家之長，故能孤出於宋、齊兩代也。孤出：獨立突出。❾取湮當代：見湮於南朝劉宋一代。按：《南史》、《宋書》不列照〈傳〉。❿危仄：即險仄。陳延傑《詩品注》卷中云：「明遠藻思綺合，信爲絕出，尤獨擅古樂府，眞天才也！唯頗喜巧琢，流於險仄，是其所短也。」⓫故言險俗者兩句：《南齊書·文學傳論》總論當時詩風，概而爲三體，其三曰：「次則發唱驚挺，操調險急，雕藻淫豔，傾炫心魂，亦猶五色之有紅紫，八音之有鄭衛，斯鮑照之遺烈也。」此言明遠肇其始而後人推至極至矣。

【譯　文】

鮑照的詩淵源於張協、張華。他善於寫形容情狀描繪物貌的詩作，他繼承了張協的奇異，融匯了張華的綺靡。骨力強於謝混，奔逸過於顏延年。兼有四家之長而獨專其美，他的詩跨宋、齊兩代而獨立標舉。可歎他詩才秀慧而出身低微，所以不被當時人所重視。只是他過於重視景物描寫的逼眞，不避操調險急狷狹，影響到清和雅正的格調。以致後來主張險仄的世俗之徒，大多依附鮑照。

【附錄】

代出自薊北門行

鮑照

羽檄起邊亭，烽火入咸陽。征騎屯廣武，分兵救朔方。
嚴秋筋竿勁，虜陣精且強。天子按劍怒，使者遙相望。
雁行緣石徑，魚貫度飛梁。簫鼓流漢思，旌甲被胡霜。
疾風沖塞起，沙礫自飄揚。馬毛縮如蝟，角弓不可張。
時危見臣節，世亂識忠良。投軀報明主，身死爲國殤。

擬古詩 八首選一

鮑照

束薪幽篁裡，刈黍寒澗陰。朔風傷我肌，號鳥驚思心。
歲暮井賦訖，程課相追尋。田租送函谷，獸藁輸上林。
河渭冰未開，關隴雪正深。笞擊官有罰，呵辱吏見侵。
不謂乘軒意，伏櫪還至今。

謝朓

齊・吏部

【導讀】

謝朓，字玄暉，陳郡陽夏人。初爲隋王蕭子隆文學。明帝輔政，朓領記室，出爲宣城太守。後遷尚書吏部郎。朓善草隸，長五言詩，以山水風景詩最爲出色，風格清新秀麗，並重聲律，爲「永明體」主要作家之一，謝朓詩甚爲時人及後人重視，梁簡文帝〈與湘東王書〉云：「至如近世謝朓、沈約之詩……實文章之冠冕，述作之楷模。」

《南齊書・謝朓傳》引沈約語曰：「二百年來無此詩也。」唐孟棨《本事詩》云：「梁高重謝朓詩，曰：『三日不讀謝詩，便覺口臭。』」唐代大詩人李白深慕謝朓詩，於其詩中時時提及。如〈酬殷明佐見贈五雲裘歌〉：「我吟謝朓詩上語，朔風颯颯吹飛雨。」〈宣州謝朓樓餞別校書叔雲〉：「蓬萊文章建安骨，中間小謝又清發。」〈送儲邕之武昌〉：「諾謂楚人重，詩傳謝朓清。」等等。

清沈德潛《古詩源》云：「玄暉靈心秀口，每誦名句，淵然泠然，覺筆墨之中，筆墨之外，別有一段深情妙理。」

朓年三十六而終，惜其早夭。

其源出於謝混，微傷細密，頗在不倫❶。一章之中，自有玉石❷。然奇章秀句，往往警遒❸。足使叔源失步，明遠變色❹。善自發詩端，而末篇多躓❺。此意銳而才弱也❻。至爲後進士子之所嗟慕❼。朓極與余論詩，感激頓挫過其文❽。

【注釋】

❶其源出於謝混三句：意謂謝朓詩祖源於謝混，然較之謝混，又過爲雕琢對仗，所以從表面上看，似乎又不像謝混。微傷：稍累於。細密：言平仄、對仗、聲韻之繁密，不若謝混清淺。不倫：不類，不像。❷一章之中，自有玉石：《尚書‧胤征》：「火炎崑岡，玉石俱焚。」玉石喻好壞。謂謝朓詩一篇之中，自有佳句，亦有蕪累之句也。清何焯《義門讀書記》卷四十六評玄暉〈暫使下都夜發新林至京邑贈西府同僚〉詩曰：「玄暉俊句爲多，然求其一篇盡善，蓋不易得。」又曰：「玄暉『一章之中，自有玉石』等語，鍾記室抑揚之詞，不可據也。」蓋一則承認其未能「一篇盡善」；一則批評鍾嶸求全責備。按：郭紹虞《宋詩話輯佚》輯宋范溫《潛溪詩眼》第十三條曰：「老杜詩凡一篇皆工拙相半，古人文章類如此。皆拙，固無取；使其皆工，則峭急無古氣，如李賀之流是也。」宋張戒《歲寒堂詩話》卷上曰：「王介甫只知巧語之爲詩，而不知拙語亦詩也；山谷只知奇語之爲詩，

而不知常語亦詩也。」金趙秉文《滏水集》卷二十〈題南麓書後〉曰：「『岱宗夫如何？齊魯青未了』。『夫如何』三字幾不成語，然非三字無以成下句有數百里之氣象；若上句俱雄麗，則一李長吉耳。」陸機〈文賦〉深諳其理，曰：「彼榛楛之勿翦，亦蒙榮於集翠；綴〈下里〉於〈白雪〉，吾亦濟夫所偉。」錢鍾書《管錐編》第三冊一〇二二頁謂：「爭妍競秀，絡繹不絕，則目炫神疲，應接不暇。」何焯批評，理有未當也。❸然奇章秀句，往往警遒：謂謝朓詩，時有警策。奇章：亦秀句也。按：玄暉詩如：「日出衆鳥散，山冥孤猿吟」，「天際識歸舟，雲中辨江樹」，「大江日夜流，客心悲未央」，「金波麗鳷鵲，玉繩低建章」，「風動萬年枝，日華承露掌」，「餘霞散成綺，澄江靜如練」，「朔風吹飛雨，蕭條江上來」等句，均爲奇章秀句，千古傳頌。警遒：警拔，有力。❹足使叔源失步兩句：謂謝朓的奇章秀句使謝混、鮑照驚訝不已，自愧弗如。失步：錯亂步態。變色：大驚失色。❺善自發詩端兩句：明楊慎《升庵詩話》卷二曰：「五言律起句最難，六朝人稱謝朓工於發端。如『大江流日夜，客心悲未央』，雄壓千古矣。」謝朓詩往往起句妙絕，而結句蹇礙，未能始終。躓：窘迫。此處有不流暢之意。❻此意銳而才弱也：詩思敏銳而才力不足。明許學夷《詩源辨體》卷八第七條引王元美語曰：「玄暉特不如靈運者，匪直才力小弱。靈運語俳而氣古，玄暉調俳而氣今。」❼爲後進士子之所嗟慕：〈詩品序〉云：「次有輕薄之徒，笑曹、劉爲古拙。謂鮑照羲皇上人，謝朓今古獨步」。可見齊、梁之間對鮑、謝詩之推崇。❽朓極與余論詩兩句：謝朓屢與鍾嶸論及詩歌。鍾嶸以爲，謝朓論詩激昂奮談，抑揚有數，超過他的詩歌創作，即詩論勝於詩作。頓挫：抑揚也。極：通「亟」，屢也。感激：感動、激發。

【譯 文】

謝朓的詩淵源於謝混，稍礙於精雕細刻，有些不太像謝混。他的詩，一首之中瑜瑕互見；但華章秀句，往往挺拔有力。足以使謝混望而卻步，鮑照面有愧色。他作詩長於起句，而結句往往受挫。這是因爲詩思敏捷而才力不足的緣故。他最爲詩壇後起之士所嗟歎欽慕。謝朓常常同我議論詩歌，他慷慨激昂、抑揚褒貶，超過了他的詩作。

【附錄】

暫使下都夜發新林至京邑贈西府同僚

謝朓

大江流日夜，客心悲未央。徒念關山近，終知返路長。
秋河曙耿耿，寒渚夜蒼蒼。引領見京室，宮雉正相望。
金波麗鳷鵲，玉繩低建章。驅車鼎門外，思見昭丘陽。
馳暉不可接，何況隔兩鄉。風雲有鳥路，江漢限無梁。
常恐鷹隼擊，時菊委嚴霜。寄言罻羅者，寥廓已高翔。

之宣城郡出新林浦向板橋

謝朓

江路西南永，歸流東北騖。天際識歸舟，雲中辨江樹。
旅思倦搖搖，孤遊昔已屢。既歡懷祿情，復協滄洲趣。
囂塵自茲隔，賞心於此遇。雖無玄豹姿，終隱南山霧。

江淹
齊・光祿

【導　讀】

江淹，字文通，濟陽考城人。歷仕南朝宋、齊、梁三代。梁時官至金紫光祿大夫，封醴陵侯。淹出身孤寒，少而沈敏，六歲能屬詩。及長，愛奇尚異。自以孤賤，厲志篤學，洎於強仕，漸得聲譽。以文章見稱於世。晚年才思衰退，詩文並無佳句，時人謂之「江郎才盡」。

明人張溥輯有《江醴陵集》。江淹善爲擬古之作，有〈雜體詩〉三十首。明胡應麟《詩藪・外編》卷二謂：「文通擬漢三詩俱遠。獨魏文、陳思、劉楨、王粲四作，置之魏風莫辨，眞傑思也。」清劉熙載《藝概・詩概》則曰：「江文通詩，有淒涼日暮，不可如何之意，此詩之多情而人之不濟也。雖長於雜擬，於古人蒼壯之作亦能肖吻，究非其本色耳。」

人之稟性各異，文通善於雜擬，亦出自天性而成於巧力，所謂寸有所長者也。

文通詩體總雜，善於摹擬❶。筋力於王微，成就於謝朓❷。初，淹罷宣城郡❸，遂宿冶亭❹，夢一美丈夫，自稱郭璞，謂淹曰：「我有筆在卿處多年矣，可以見還❺。」淹探懷中，得五色筆以授之。爾後爲詩，不復成語，故世傳江淹才盡❻。

【注釋】

❶文通詩體總雜兩句：蕭統《昭明文選》卷三十一，有江淹〈雜體詩〉三十首，其〈序〉云：「關西、鄴下，既已罕同，河外、江南，頗爲異法。今作三十首詩，效其文體，雖不足品藻源流，庶亦無乖商榷。」陳延傑《詩品注》卷中曰：「文通雜體三十首，純以爲擬古者，學一人，像一人，信可品藻源流也。」總雜：錯綜複雜。❷筋力於王微，成就於謝朓：謂江淹詩骨力得諸王微，成就近乎謝朓。鍾嶸評王微曰：「才力苦弱，故務其清淺，殊得風流媚趣。」由此可見筋力亦有限耳。鍾嶸評謝朓曰：「奇章秀句，往往警遒。」指其體物之妙也。清何焯《義門讀書記》卷四十六評淹〈從冠軍建平王登廬山香爐峰〉亦云：「極體物之奇。」「成就於謝朓」，抑或指此？陳延傑《詩品注》卷中云：「文通詩亦能極體物之奇，而聲調格律，皆逼肖謝朓，故鍾氏謂成就於謝朓者，差近之。」筋力：猶言骨力。❸罷宣城郡：被免去宣城太守。罷：免官。❹冶亭：在今南京冶城。❺可以見還：可將筆退還。以，將、把。見還：還之被動式，索還。❻江淹才盡：亦稱江郎才盡。事亦見《南史·江淹傳》：「嘗宿於冶亭，夢一丈夫，自稱郭璞，謂淹曰：『吾有筆在卿處多年，可以見還。』淹乃探懷中，得五色筆一以授之。爾後爲詩，絕無美句，時人謂之才盡。」明胡應麟《詩藪·外編》卷二於此持異義，

曰：「人之才固有盡時，精力疲，志意怠，而夢徵焉。其夢，衰也；其衰，非夢也。彥升與沈競名，亦曰才盡，豈張、郭爲祟耶？」

【譯文】

江淹的詩，文體風格多而繁雜，擅長於摹擬。他的詩學得王微的骨力，吸取謝朓的成就。起先，江淹免除宣城太守之職，隨後寄宿於建康冶亭。夢見一個英俊男子，自稱是郭璞，對江淹說：「我有一支筆在您處已多年，該把它還我了。」江淹以手探懷，摸出五色筆一支交還他。此後做詩，不成詩句，所以社會上流傳著「江郎才盡」之說。

【附錄】

雜體詩 三十首選二

江淹

阮步兵

青鳥海上遊，鸒斯蒿下飛。沈浮不相宜，羽翼各有歸。
飄颻可終年，沆瀁安是非。朝雲乘變化，光耀世所希。
精衛銜木石，誰能測幽微？

陶徵君

種苗在東皋，苗生滿阡陌。
雖有荷鉏倦，濁酒聊自適。
日暮巾柴車，路闇光已夕。
歸人望煙火，稚子候簷隙。
問君亦何爲，百年會有役。
但願桑麻成，蠶月得紡績。
素心正如此，開逕望三益。

范雲
梁・衛將軍

丘遲
梁・中書郎

【導讀】

范雲，字彥龍，南鄉舞陰人。仕宋為郢州西曹書佐，轉法曹行參軍。齊初，為竟陵王府主簿。梁受禪，遷散騎常侍、吏部尚書，封霄城縣侯。病卒，贈侍中衛將軍。年五十三。明許學夷《詩源辨體》卷九第二條曰：「范雲五言，在齊、梁間聲氣獨雄。永明以後，梁武取調，范雲取氣。」

丘遲，字希範，吳興人。曾為徐州從事。梁武帝踐祚，拜中書郎，遷司空從事中郎。卒年四十五。遲八歲能屬文，辭采麗逸。其〈與陳伯之書〉，泣血之意，出自肺腑，情真意切，聲文並茂。明人張溥輯有《丘中郎集》。清何焯《義門讀書記》卷四十七評其詩曰：「步趨康樂而未屆精微。所工特模範間矣。體物工矣，興象不逮。」

范詩清便宛轉，如流風迴雪[1]。丘詩點綴映媚[2]，似落花依草❸。故當淺於江淹，而秀於任昉❹。

【注　釋】

❶范詩清便宛轉兩句：清便，清新、便捷。宛轉：曲折多致。流風迴雪：一似雪花之隨風流轉，輕逸飛舞狀。淸河焯《義門讀書記》卷四十六評其〈贈張徐州謖〉云：「『疑是徐方牧』八句，流風迴雪。記室固最得其如此。」見附錄。❷點綴：妝點、襯托。映媚：相映爲媚。❸落花依草：花瓣落地，依附於草間，亦點綴爲美之意。陳延傑《詩品注》卷中云：「丘詩模山範水，辭采麗逸，恰似落花依草也。」❹淺於江淹，而秀於任昉：《南史・丘遲傳》云：「時有鍾嶸著《詩品》云：『范雲婉轉清便，如流風迴雪，遲點綴映媚，如落花依草。雖取淺文通，而秀於敬子。』其見稱如此。」按：敬子爲任昉謚號。明張溥《漢魏六朝百三家集・丘中郎集題辭》曰：「鍾仲偉《詩品》云：『希範淺於文通，秀於敬子』。余未唯唯。或其時尙循沈詩任筆之稱，遂輕高下耳。」張溥以爲丘遲詩未必勝於任昉。

【譯　文】

范雲的詩清新便捷，曲折有致，好像風迴雪舞。丘遲的詩妝點襯托，相映成輝，一似碧草著花。所以，他們二人的詩，應當比江淹略淺，而比任昉秀美。

【附　錄】

贈張徐州謖

范　雲

田家樵採去，薄暮方來歸。還聞稚子說，有客款柴扉。
儐從皆珠玳，裘馬悉輕肥。軒蓋照墟落，傳瑞生光輝。
疑是徐方牧，既是復疑非。思舊昔言有，此道今已微。
物情棄疵賤，何獨顧衡闈？恨不具雞黍，得與故人揮。
懷情徒草草，淚下空霏霏。寄書雲間雁，爲我西北飛。

旦發漁浦潭

丘遲

漁潭霧未開，赤亭風已颺。櫂歌發中流，鳴鞞響沓障。
村童忽相聚，野老時一望。詭怪石異象，嶄絕峰殊狀。
森森荒樹齊，析析寒沙漲。藤垂島易陟，崖傾嶼難傍。
信是永幽棲，豈徒暫清曠。坐嘯昔有委，臥治今可尚。

任昉

梁・太常

【導　讀】

任昉，字彥升，樂安人。歷仕宋、齊、梁三朝。梁武帝時爲黃門侍郎，出任義興新安太守。昉四歲，能誦詩數十首，十六歲舉秀才第一，辭章之美，冠絕當時。擅長表、奏等各體散文，當時有「沈詩任筆」之稱。卒年四十九。明張溥輯有《任彥升集》。

彥升少年爲詩不工，故世稱沈詩任筆❶，昉深恨之。晚節愛好既篤，文亦遒變❷。善銓事理❸，拓體淵雅❹，得國士之風❺。故擢居中品❻。但昉既博物，動輒用事，所以詩不得奇。少年士子，效其如此，弊矣❼！

【注　釋】

❶彥升少年兩句：謂任昉少年時不善詩，獨善文，故世有「沈詩任筆」之稱。《南史・任昉傳》曰：「明雅善屬文，尤長載筆，才思無窮。」張溥《漢魏六朝百三家集・任彥升集

題辭》云：「《昭明文選》載彥升令、表、序、狀、彈文，生平筆長，可悉推見。」按：《文選》所載任昉策問一，表五，書三，彈事二，牋二，序一，墓誌一，行狀一。沈約善詩，見《詩品》卷中沈休文評語，謂「觀休文眾製，五言最優。」故時有「沈詩任筆」之說。又，劉勰《文心雕龍‧總術》云：「今之常言，有文有筆，以爲無韻者筆也，有韻者文也。」❷文亦遒變：文，當指詩。遒變：變得遒勁有力。❸善銓事理：意謂在詩中善於銓衡人情物理，即漸諳詩歌寫作之特點。❹拓體淵雅：拓體，將詩體開拓、發展。淵雅：已見嵇康注。❺得國士之風：有國士無雙之風度。國士：國中才能出眾之人。❻故擢居中品：故，承上文之詞。意謂若非晚節愛好，拓體淵雅，則不能列中品。擢：選拔。居：位列。❼昉既博物六句：謂任昉作詩，勤於用事，故未能稱善。然當時新進子弟，輒效其用事，有走火入魔之弊矣。《南史‧任昉傳》曰：「昉以文才見知，時人云任筆沈詩，昉聞，甚以爲病。晚節轉好著詩，欲以傾沈。用事過多，屬詞不得流便，自爾都下士子慕之，轉爲穿鑿，於是有才盡之談矣。」又，鍾嶸〈詩品序〉曰：「近任昉、王元長等，詞不貴奇，競須新事，爾來作者，寖以成俗。」可互相參證。

【譯　文】

任昉少年時做詩不佳，因此社會上稱爲：「沈詩任筆」，任昉深感遺憾。晚年愛詩甚深，詩風也變得勁健有力，善於銓析人情物理，詩體發展得深遠雅正，頗有「國士無雙」之風采。所以將他列入中品。但任昉既已博聞強記，寫詩常常用典故；所以他的詩不算好。時下少年後進之士，都效法他的用典，大錯特錯啊！

【附錄】

贈郭桐廬出溪口見候余既未至郭仍進村維舟久之郭生方至

任昉

朝發富春渚，蓄意忍相思。涿令行春反，冠蓋溢川坻。
望久方來萃，悲歡不自持。滄江路窮此，湍險方自茲。
疊嶂易成響，重以夜猿悲。客心幸自弭，中道遇心期。
親好自斯絕，孤遊從此辭。

沈約

梁・左光祿

【導讀】

沈約，字休文，吳興人。善屬文，濟陽蔡興宗聞其才而善之，引爲安西記室。梁興，稍遷至侍中、丹陽尹、建昌侯，後轉光祿大夫。卒年七十二。謚曰隱侯。《梁書・沈約傳》謂其「所著《晉書》百一十卷，《宋書》百卷，《齊紀》二十卷，《高祖紀》十四卷，《邇言》十卷，《謚例》十卷，《宋文章志》三十卷，《文集》一百卷，皆行於世。」按：今唯《宋書》列爲正史獨傳，餘皆亡佚。嚴可均《全梁文》輯沈約文八卷。

《梁書・沈約傳》曰：「又撰《四聲譜》，以爲在昔詞人累千載而不寤，而獨得胸襟，窮其妙旨，自謂入神之作。」

明胡應麟《詩藪・外編》卷二評其詩云：「休文四聲八病，首發千古妙詮，其於近體，允謂作者之聖，而自運乃無一篇，諸作材力有餘，風神全乏。視彥升、彥龍，僅能過之。」

觀休文眾製，五言最優❶。詳其文體，察其餘論，固知憲章鮑明遠也❷。所以不閑於經綸，而長於清怨❸。永明相王愛文❹，王元長等，皆宗附之❺。約於時謝朓未遒，江淹才盡，范雲名級故微，故約稱獨步❻。雖文不至其工麗，亦一時之選也❼。見重閭里，誦詠成音❽。嶸謂約所著既多，今剪除淫雜，收其精要，允為中品之第矣❾。故當詞密於范，意淺於江矣❿。

【注釋】

❶觀休文眾製，五言最優：眾製：指其眾多之作品。按：休文詩有四言、五言、雜言諸體，清何焯《義門讀書記》卷四十六評沈詩云：「清便婉轉，自成永明以後風氣。」❷詳其文體三句：鍾嶸謂沈約詩憲章鮑照，蓋指其聲病而言之也。鍾嶸評鮑照詩，謂其「貴尚巧似，不避危仄，頗傷清雅之調。」沈約雖撰《四聲譜》，倡言「四聲八病」之說，而其詩亦蹈聲病。明謝榛《四溟詩話》卷一曰：「沈隱侯〈白馬篇〉云：『停鑣過上蘭』『輕舉出樓蘭』〈緩聲歌〉云：『瑤軑信陵空』『羽轡已騰空』此二篇亦兩用『蘭』字、『空』字為韻。夫隱侯始定聲韻，為詩家楷式，何乃自重其韻，使人借為口實？所謂『蕭何造律，而自犯之』也。」言其自拘聲病也。詳其文體：詳觀其詩歌體裁。察其餘論：指察其詩歌聲律之論。❸所以不閑於經綸兩句：謂沈約無礙於博學多識，作詩以清怨見長。此正與顏延之相反。顏延之「雖乖秀逸，是經綸文雅才。」閑：作阻礙解。漢揚雄《太玄經》二〈親〉：「親非其膚……中心閑也。」宋司馬光

《注》：「閑者，隔礙不通之謂。」清怨：清幽、怨悱。❹永明相王：即竟陵王蕭子良。❺王元長等，皆宗附之：《南史・陸厥傳》云：「時盛爲文章，吳興沈約，陳郡謝朓，琅邪王融，以氣類相推轂。汝南周顒善識聲韻。約等文皆用宮商，將平上去入四聲，以此制韻，有平頭、上尾、蜂腰、鶴膝。五字之中，音韻悉異，兩句之內，角徵不同，不可增減，世呼爲『永明體』。」王元長：王融字。宗附：宗奉依附。❻約於時四句：謝朓未遒，鍾嶸評謝朓謂：「奇章秀句，往往警遒。」未遒，猶言謝朓尚未以詩成名。江淹才盡：猶言沈約步入詩壇時，江淹已老矣。范雲名級故微：范雲詩名本微。故約稱獨步：所以沈約處詩壇領銜地位。此四語隱含貶意，非休文之能也，是時之有利也。名級故微：名級，名聲之次第也。故微：本來就微弱。❼文不至其工麗兩句：詩未達到完善華麗之程度，也是一個時代的代表。選：選手、代表。這裡選是名詞，非動詞。❽見重閭里，誦詠成音：謂沈約聲律之說爲鄉里所歡迎，傳誦而爲詩。此即〈詩品序〉所云：「王元長創其首，謝朓、沈約揚其波。三賢或貴公子孫，幼有文辯。於是士流景慕，務爲精密，襞積細微，專相陵架。故使文多拘忌，傷其眞美。……至平上去入，則余病未能，蜂腰鶴膝，閭里已具。」❾嶸謂四句：《南史・鍾嶸傳》云：「嶸嘗求譽於沈約，約拒之。及約卒，嶸品古今詩，爲評言其優劣云云。蓋追宿憾以此報約也。」明胡應麟《詩藪・外編》卷二云：「世以鍾氏私憾，抑之中品，非也。」范文瀾《文心雕龍注》卷七亦云：「《南史》喜雜採小說家言，恐不足據以疑二賢也。」❿詞密於范，意淺於江：詩句用詞比范雲繁密，文意比江淹淺顯。

【譯文】

統觀沈約的各類詩作，五言詩最好。端詳他的文章風格，考察他的詩歌理論，確實可知是效法鮑照的。所以說，博學宏富並無礙於詩作，仍然可以清幽怨悱見長。竟陵王蕭子良愛好文學，王融等人都宗奉歸附於他。沈約處於謝朓尚未成名，江淹已經擱筆之際，范雲本來名聲不噪，所以當時沈約獨步詩壇。縱然他的詩作稱不上精工典麗，也是一個時期的代表人物。沈約被鄉里間所推重，格律詩吟詠得很流暢。我以爲，沈約所著詩雖然很多，現在刪除庸音雜體，取其精當切要之作，也可以列爲中品的等第。他的詩用詞比范雲繁密，而文意又比江淹膚淺。

【附錄】

遊沈道士館

沈約

秦皇御宇宙，漢帝恢武功。歡娛人事盡，情性猶未充。
銳意三山上，託慕九霄中。既表祈年觀，復立望仙宮。
寧爲心好道，直由意無窮。曰余知止足，是願不須豐。
遇可淹留處，便欲息微躬。山嶂遠重疊，竹樹近蒙籠。
開襟濯寒水，解帶臨清風。所累非物外，爲念在玄空。
朋來握石髓，賓至駕輕鴻。都令人徑絕，唯使雲路通。
一舉凌倒景，無事適華嵩。寄言賞心客，歲暮爾來同。

卷下

班固
漢・令史

酈炎
漢・孝廉

趙壹
漢・上計

【導讀】

班固，字孟堅，北地人。年九歲，能屬文；長遂博貫載籍。後漢明帝時，除蘭臺令史，遷爲郎，乃上〈兩都賦〉，「盛稱洛邑制度之美，以折西賓淫侈之論。」大將軍竇憲出征匈奴，以固爲中護軍。憲敗，固坐免官，遂死獄中。卒年六十一。有《漢書》傳世。今存詩歌八首，散句若干，其中五言詩兩首。

鍾嶸〈詩品序〉云：「東京二百載中，唯有班固〈詠史〉，質木無文。」明許學夷《詩源辨體》卷三第六十一條亦曰：「五言〈詠史〉一篇，則過於質直」。

酈炎，字文勝，范陽人。靈帝時，州郡辟命，皆不就。後風病，妻始產而驚死。妻家訟之，死獄中，年二十八。今存詩兩首，皆五言，《文選》題爲〈見志詩〉。

趙壹，字元叔，漢陽西縣人。光和元年，舉郡上計，十辟公府，並不就。今存五言詩兩首。

孟堅才流，而老於掌故❶。觀其〈詠史〉，有感歎之詞❷。文勝

託詠「靈芝」，懷寄不淺❸。元叔散憤蘭蕙，指斥囊錢❹。苦言切句，良亦勤矣。斯人也，而有斯困，悲夫❺！

【注釋】

❶孟堅才流兩句：才流，才學之輩。老於掌故：精通典章制度、文物史實。《後漢書·班固傳》云：「固以爲漢紹堯運，以建帝業，至於六世史臣，乃追述功德，私作本紀，編於百王之末，廁於秦項之列。太初以後，闕而不錄。故探撰前記，綴集所聞，以爲《漢書》。起元高祖，終於孝平王莽之誅，十有二世，二百三十年，綜其行事，傍貫「五經」，上下洽通，爲春秋紀表志傳凡百篇。固自永平中始受詔，潛精積思，二十餘年，至建初中，乃成。當世甚重其書，學者莫不諷誦焉。」❷觀其〈詠史〉兩句：班固〈詠史〉末句云：「百男何憒憒，不如一緹縈。」感歎之情溢於紙上。❸文勝託詠「靈芝」兩句：酈炎〈見志詩〉兩篇，其二首句：「靈芝生河洲，動搖因洪波。」此詩寄託亦深，中有句云：「賢才抑不用，遠投荊南沙。抱玉乘龍驥，不逢樂與和。安得孔仲尼，爲世陳四科。」頗有生不逢時，懷才不遇之慨。❹元叔散憤蘭蕙兩句：趙壹〈魯生歌〉有句云：「被褐懷金玉，蘭蕙化爲芻。」〈秦客詩〉有句云：「文籍雖滿腹，不如一囊錢。」故云爾。散憤：發洩憤慨。按：自此句以下，皆謂趙壹，與班、酈無涉焉。❺苦言切句五句：出言愁苦，用語懇切，亦自勤謹所得。斯人：此人。斯困：如此窘迫。

【譯文】

班固屬於博學宏才一類人，精通典章制度，文物史實之類。看他的〈詠史〉詩，有慨歎之語。酈炎寓意於「靈芝」，寄託亦深。趙壹藉「蘭蕙」來發洩憤慨，指責滿腹文章，不值一錢。他的詩出言愁苦而用語懇切，確實也夠勤勉的了。有這樣的人，就會有這樣窘迫的處境，可憐呵！

【附錄】

詠史

班固

三王德彌薄，唯後用肉刑。太倉令有罪，就逮長安城。
自恨身無子，困急獨煢煢。小女痛父言，死者不可生。
上書詣闕下，思古歌雞鳴。憂心摧折裂，晨風揚激聲。
聖漢孝文帝，惻然感至情。百男何憒憒，不如一緹縈。

見志詩 兩首選一

酈炎

靈芝生河洲，動搖因洪波。蘭榮一何晚，嚴霜瘁其柯。
哀哉二芳草，不植泰山阿。文質道所貴，遭時用有嘉。
絳灌臨衡宰，謂誼崇浮華。賢才抑不用，遠投荊南沙。

抱玉乘龍驥，不逢樂與和。安得孔仲尼，爲世陳四科。

疾邪詩

趙壹

河清不可俟，人命不可延。順風激靡草，富貴者稱賢。
文籍雖滿腹，不如一囊錢。伊優北堂上，骯髒倚門邊。
勢家多所宜，欬唾自成珠。被褐懷金玉，蘭蕙化爲芻。
賢者雖獨悟，所困在群愚。且各守爾分，勿復空馳驅。
哀哉復哀哉，此是命矣夫。

魏武帝
魏明帝

【導　讀】

魏武帝曹操，字孟德，沛國譙人。少機警，有權數而任俠。舉孝廉，爲郎，遷南頓令，後封魏王。文帝立，追謚曰武皇帝。曹操資兼文武，才略出眾。御軍三十餘年，手不釋書。晝則講武策，夜則思經傳；登高賦詩，被之弦管；書法音樂，擒猛射雕，多才多藝，誠一時之豪傑。其詩則「〈苦寒〉、〈猛虎〉、〈短歌〉，『對酒』，樂府稱絕。又助以子桓、子建，帝王之家，文章瑰瑋。」

明胡應麟《詩藪．外編》卷一曰：「東漢之末，猥雜甚矣。魏武雄才崛起，無論用兵，即其詩豪邁縱橫，籠罩一世，豈非衰運人物！然亦時有詼譎，如『何以解憂？唯有杜康』等句，信類其爲人也。」今存詩二十餘首，五言詩九首。

魏明帝曹叡，字元仲，文帝太子。在位十三年，卒年三十六。今存詩十三首，散句若干，其中五言詩七首。

曹公古直，甚有悲涼之句❶。叡不如丕，亦稱三祖❷。

【注釋】

❶曹公古直兩句：古直，古樸質直。悲涼：悲壯蒼涼。按：古直、悲涼，是謂操之不足。明許學夔《詩源辨體》卷四第九條按曰：「嶸《詩品》以丕處中品，曹公及叡居下品。今或推曹公而劣子桓兄弟者，蓋鍾嶸兼文質，而後人專氣格也。然曹公才力實勝子桓。」清劉熙載《藝概・詩概》亦謂：「曹公詩氣雄力堅，足以籠罩一切。建安諸子，未有其匹也。子建則隱有『仁義之人，其言藹如』之意。鍾嶸《詩品》不以『古直悲涼』，加於『人倫周、孔』之上，豈無見乎！」錢鍾書《談藝錄》第二十四條曰：「記室評詩，眼力初不甚高，貴氣盛詞麗，所謂『骨氣高奇』、『詞采華茂』。故最尊陳思、士衡、謝客三人。以魏武之古直蒼渾，特以不屑翰藻，屈爲下品。宜與淵明之和平淡遠，不相水乳，所取反在其華靡之句，仍囿於時習而已。」❷叡不如丕，亦稱三祖：明胡應麟《詩藪・外編》卷一曰：「詩未有三世傳者，既傳而且烜赫，僅曹氏操、丕、叡耳。」三祖，已見〈詩品序〉注。

【譯文】

曹公孟德的詩，古樸質直，常常有很悲壯蒼涼的詩句。曹叡不如曹丕，也並稱「三祖」。

【附錄】

苦寒行

曹操

北上太行山，艱哉何巍巍！羊腸坂詰屈，車輪爲之摧。
樹木何蕭瑟，北風聲正悲。熊羆對我蹲，虎豹夾路啼。
谿谷少人民，雪落何霏霏！延頸長歎息，遠行多所懷。
我心何怫鬱！思欲一東歸。水深橋樑絶，中路正徘徊。
迷惑失故路，薄暮無宿棲。行行日已遠，人馬同時飢。
擔囊行取薪，斧冰持作糜。悲彼東山詩，悠悠使我哀。

長歌行

曹叡

靜夜不能寐，耳聽衆禽鳴。大城育狐兔，高墉多鳥聲。
壞宇何寥廓，宿屋邪草生。中心感時物，撫劍下前庭。
翔佯於階際，景星一何明。仰首觀靈宿，北辰奮休榮。
哀彼失群燕，喪偶獨煢煢。單心誰與侶，造房孰與成。
徒然喟有和，悲慘傷人情。余情偏易感，懷往增憤盈。
吐吟音不徹，泣涕沾羅纓。

曹彪

魏・白馬王

徐幹

魏・文學

【導讀】

曹彪，字朱虎，曹操之子。初封白馬王，後徙封楚。今存五言詩一首〈答東阿王詩〉。

徐幹，字偉長，北海人。辟司空曹操府。除上艾長，以疾不行。歷軍謀祭酒掾，五官中郎將文學。爲「建安七子」之一。明許學夷《詩源辨體》卷四第三十五條稱：「七子之中，徐幹、陳琳、阮瑀五言，既無天成之妙，又少作用之功，此雖其才力不逮，亦是各有所長耳。按文帝《典論》稱徐幹之賦，……可見七子之名，非皆以其詩也。」今存五言詩九首。

白馬與陳思答贈，偉長與公幹往復❶，雖曰以莛扣鐘❷，亦能閑雅矣❸。

【注釋】

❶白馬與陳思答贈兩句：曹植有〈贈白馬王彪〉詩七章，曹彪答詩已佚。劉楨有〈贈徐幹〉詩

兩首，徐幹有〈答劉楨詩〉一首。答贈往復殆指此。❷以莛扣鐘：《漢書》卷六十五〈東方朔傳〉：「語曰：『以管闚天，以蠡測海，以莛撞鐘』，豈能通其條貫，考其文理，發其音聲哉！」莛，草莖也。扣，叩，撞擊。以莛扣鐘以喻曹彪、徐幹詩較之曹植、劉楨則闇弱無聲響矣。❸閑雅：閑淡、文雅。

【譯文】

白馬王曹彪與陳思王曹植互相間的贈答詩，徐幹和劉楨互相往還的贈答詩，雖然說好像以草莖去敲打銅鐘一樣難以發聲，但也還能算閑淡雅致。

【附錄】

答東阿王詩

曹彪

盤徑難懷抱，停駕與君訣。即車登北路，永歎尋先轍。

答劉楨詩

徐幹

與子別無幾，所經未一旬。我思一何篤，其愁如三春。
雖路在咫尺，難涉如九關。陶陶朱夏德，草木昌且繁。

魏・倉曹屬 阮瑀

晉・頓丘太守 歐陽建

晉・文學 應璩

晉・中書令 嵇含

【導讀】

阮瑀，字元瑜，陳留人。宏才卓逸，不群於俗，師事蔡邕。建安中，司空曹操以爲軍謀祭酒，管記室，遷倉曹掾。阮瑀詩多含悲音，如《雜詩》：「臨川多悲風，秋日苦凊涼。」「三星守故次，明月未收光。」明張溥《漢魏六朝百三家集・阮元瑜集題辭》云：「讀其諸詩，每使人愁。」今存五言詩十二首，散句若干。

歐陽建，字堅石，渤海人，辟公府，歷山陽令尚書郎，馮翊太守，甚得時譽。永康元年，石崇勸淮南王誅趙王倫。事發，建與石崇見殺。人莫不悼惜之。今存四言、五言詩各一首。

應璩。按：晉無應璩，魏之應璩已見中品，舊疑應貞之訛。據《晉書・文苑傳》，應貞，字吉甫，汝南南頓人，魏侍中璩之子。正始中，舉高第。歷任撫軍及相國參軍。晉受禪，遷給事中、太子中庶子、散騎常侍。今存四言詩兩題十首。

嵇含，字君道，嵇紹從子。家鞏縣亳丘，自號亳丘子。舉秀才，除郎中。惠帝朝歷任征西參軍、中書侍

晉·河南太守 **阮侃**

晉·侍中 **嵇紹**

晉·黃門 **棗據**

元瑜、堅石七君詩，並平典不失古體❶。大檢似❷。而二嵇微優矣❸。

【注釋】

❶元瑜、堅石七君詩兩句：明胡應麟《詩藪·內編》卷二曰：「古詩自質，然甚文；自直，然

郎。范陽王虓爲征南將軍鎮許昌，以爲從侍中郎、襄陽太守，後奔鎮南將軍劉弘於襄陽。後爲弘將郭勱所殺。今存五言詩三首。

阮侃，字德如，尉氏人。魏衛尉卿阮共之子。有俊才而飭以名理，風儀潤雅。與嵇康爲友。仕至河內太守。現存五言詩二首。

嵇紹，字延祖，譙國銍人。嵇康之子。十歲而孤，事母孝謹。累遷散騎常侍。永興元年，惠帝大軍敗於蕩陰，飛箭雨集，紹以身護帝，遂見害。現存五言詩一首。

棗據，字道彥，潁川長社人。弱冠，辟大將軍府，遷尚書郎。賈充伐吳，請爲從事中郎。軍還，徙黃門侍郎，遷中庶子。卒年五十餘。今存詩七首，其中五言詩六首，散句若干。

甚厚。……阮瑀『孤兒』畢露筋骨。漢魏不同乃爾。」明許學夷《詩源辨體》卷四第三十五條謂「阮瑀如『身盡氣力索，精魂靡所回』。……頗傷拙劣。」又第四十六條云：「阮侃五言，則更繁蕪矣。」清何焯《義門讀書記》卷四十七云：「棗道彥〈雜詩〉，擬仲宣〈從軍〉。」平典：見〈詩品序〉注。❷大檢似：陳延傑《詩品注》卷下云：「余藏有明鈔本《詩品》，『大檢似』作『大抵相似』。」❸二嵇微優矣：二嵇，嵇紹、嵇含。微優：略好。謂二嵇於七人中略好。

【譯文】

阮瑀、歐陽建等七位詩人的詩，都平板、典則，不離古體詩的風格。水準大體上一致，只是嵇紹、嵇含略好一點。

【附錄】

駕出北郭門行

阮瑀

駕出北郭門，馬樊不肯馳。下車步踟躕，仰折枯楊枝。
顧聞丘林中，嗷嗷有悲啼。借問啼者出，何爲乃如斯？
親母舍我歿，後母憎孤兒。飢寒無衣食，舉動鞭捶施。
骨消肌肉盡，體若枯樹皮。藏我空室中，父還不能知。
上冢察故處，存亡永別離。親母何可見？淚下聲正嘶。

棄我於此間，窮厄豈有貲？傳告後代人，以此爲明規。

臨終詩

歐陽建

伯陽適西戎，子欲居九蠻。苟懷四方志，所在可遊盤。
況乃遭屯蹇，顛沛遇災患。古人達機兆，策馬遊近關。
咨余沖且暗，抱責守微官。潛圖密已構，成此禍福端。
恢恢六合間，四海一何寬。天網布紘綱，投足不獲安。
松柏隆冬悴，然後知歲寒。不涉太行險，誰知斯路難？
眞僞因事顯，人情難豫觀。窮達有定分，慷慨復何歎！
上負慈母恩，痛酷摧心肝。下顧所憐女，惻惻心中酸。
二子棄若遺，念皆遘凶殘。不惜一身死，惟此如循環。
執紙五情塞，揮筆涕汍瀾。

悅晴詩

嵇含

勁風歸巽林，玄雲起重基。朝霞炙瓊樹，夕影映玉枝。
翔鳳晞輕翮，應龍曝纖鬐。百穀偃而立，大木顛復持。

贈石季倫詩

嵇紹

人生稟五常，中和爲至德。嗜欲雖不同，伐生所不識。
仁者安其身，不爲外物惑。事故誠多端，未若酒之賊。
内以損性命，煩辭傷軌則。屢飲致疲怠，清和自否塞。
陽堅敗楚軍，長夜傾宗國。詩書著明戒，量體節飲食。
遠希彭聃壽，虛心處沖默。茹芝味醴泉，何爲昏酒色？

答嵇康詩 兩首選一

阮侃

早發溫泉廬，夕宿宣陽城。顧眄懷惆悵，言思我友生。
會遇一何幸，及子遘歡情。交際雖未久，思愛發中誠。
良玉須切磋，璵璠就其形。隋珠豈不曜，雕瑩啓光榮。

與子猶蘭石，堅芳互相成。庶幾行古道，伐檀俟河清。
不謂中離別，飄飄然遠征。臨輿執手訣，良誨一可精。
佳言盈我耳，援帶以自銘。唐虞曠千載，三代不我並。
洙泗久已往，微言誰共聽？曾參易簀斃，仲由結其纓。
晉楚安足慕，屢空守以貞。潛龍尚泥蟠，神龜隱其靈。
庶保吾子言，養眞以全生。東野多所患，暫往不久停。
幸子無損思，逍遙以自寧。

雜詩

棗據

吳寇未殄滅，亂象侵邊疆。天子命上宰，作蕃於漢陽。
開國建元士，玉帛聘賢良。予非荆山璞，謬登和氏場。
羊質服虎文，燕翼假鳳翔。既懼非所任，怨彼南路長。
千里既悠邈，路次限關梁。僕夫罷遠涉，車馬困山岡。
深谷下無底，高巖暨穹蒼。豐草停滋潤，霧露沾衣裳。

玄林結陰氣，不風自寒涼。顧瞻情感切，惻愴心哀傷。

士生則懸弧，有事在四方。安得恆逍遙，端坐守閨房。

引義割外情，內感實難忘。

張載　晉・中書

傅玄　晉・司隸

傅咸　晉・太僕

【導　讀】

張載，字孟陽，安平人。有才華，起家拜著作郎，長沙王乂請為記室督，拜中書侍郎。稍遷領著作。載見世方亂，無復進仕意，遂稱疾告歸。明張溥《漢魏六朝百三家集・張孟陽景陽集題辭》云：「景陽文稍讓兄，而詩獨勁出，蓋二張齊驅，詩文之間，互有短長。」今存五言詩十首，四言、雜言及散句若干。

傅玄，字休奕，北地泥陽人。勤學，善作文，魏末，州舉秀才。五等建，封鶉觚男，遷至司隸校尉，免。卒後謚曰剛。追封清泉侯。明張溥《漢魏六朝百三家集・傅鶉觚集題辭》評其詩曰：「〈苦相篇〉與〈雜詩〉二首，頗有〈四愁〉、〈定情〉之風。〈歷九秋詩〉，讀者疑為漢古詩，非相如枚乘不能作。其言文聲永，誠六言之祖也。」又云：「獨為詩篇，新溫婉麗，善言兒女，強直之士懷情正深，賦好色者，何必宋玉。」

傅咸，字長虞，傅玄之子。泰始末，拜太子洗馬，累遷尚書右丞，出為冀州刺史。元康初，遷御史中丞，後為司隸校尉。卒年五十六。

晉・侍中　繆襲

晉・散騎常侍　夏侯湛

繆襲，字熙伯，東海人。有才學，官至侍中尚書光祿勳。

夏侯湛，字孝若，譙國人。泰始中，舉賢良，拜郎中。惠帝即位，為散騎常侍。現存詩中無五言。

孟陽詩，乃遠慚厥弟❶。而近超兩傅❷。長虞父子❸，繁富可嘉❹。孝沖雖曰後進，見重安仁❺。熙伯〈輓歌〉，唯以造哀爾❻。

【注釋】

❶孟陽詩，乃遠慚厥弟：劉勰《文心雕龍・才略》云：「孟陽、景陽才綺而相埒，可謂魯衛之政，兄弟之文也。」按：此說似與鍾說相悖。劉勰以才略言，故在伯仲之間，難分高下；鍾評以詩作言，乃云「遠慚厥弟」。❷近超兩傅：近，略也、微也，非遠近之近。兩傅：指傅玄、傅咸。❸長虞父子：傅玄、傅咸父子。❹繁富可嘉：采繁而詞富，值得嘉獎。❺孝沖雖曰後進，見重安仁：《晉書・夏侯湛傳》曰：「湛幼有盛才，文章宏富，善構新詞，而美容觀。與潘岳友善，每行止同輿接茵，京都謂之連璧。」又曰：「初，湛作〈周詩〉，成，以示潘岳。岳曰：『此文非徒溫雅，乃別見孝悌之性。』」此蓋「見重安仁」之謂也。後進：殷孟倫《漢魏六朝百三家集題辭注》云：「湛元康初卒，年四十四，岳被誅在永康時，相去約

十年。」按：「沖」似疑爲「若」字之誤。《晉書》卷五十五湛弟夏侯淳，字孝沖。❻熙伯〈輓歌〉，唯以造哀爾：清何焯《義門讀書記》卷四十七引漢應劭《風俗通義》言：漢末時，「京師賓婚嘉會皆傀儡，酒酣之後，續以輓歌。」是知古輓歌之作，非必有送葬之事也，歡宴之後亦繼以輓歌之唱，故曰「造哀」。此造字，乃劉勰「爲文造情」之造也。輓歌：哀歌。

【譯文】

張載的詩，遠不如他弟弟；但又略勝於傅玄、傅咸父子。傅玄父子辭采繁麗宏富，實堪嘉獎。夏侯湛雖說是年少新進之士，卻爲潘岳所推重。繆襲的〈輓歌〉詩，只是虛託哀傷而已。

【附錄】

七哀詩 兩首選一

張載

北邙何壘壘？高陵有四五。借問誰家墳？皆云漢世主。
恭文遙相望，原陵鬱膴膴。季世喪亂起，賊盜如豺虎。
毀壞過一抔，便房啓幽戶。珠柙離玉體，珍寶見剽虜。
園寢化爲墟，周墉無遺堵。蒙蘢荊棘生，蹊逕登童豎。
狐兔窟其中，蕪穢不復掃。頹壠並墾發，萌隸營農圃。

昔爲萬乘君，今爲丘山土。感彼雍門言，悽愴哀今古。

雜詩

傅玄

志士惜日短，愁人知夜長。攝衣步前庭，仰觀南雁翔。
玄景隨形運，流響歸空房。清風何飄颻？微月出西方。
繁星依青天，列宿自成行。蟬鳴高樹間，野鳥號東廂。
纖雲時髣髴，渥露沾我裳。良時無停景，北斗忽低昂。
常恐寒節至，凝氣結爲霜。落葉隨風摧，一絕如流光。

贈何劭王濟詩 並序

傅咸

朗陵公何敬祖，咸之從內兄。國子祭酒王武子，咸從姑之外孫也。並以明德見重於世。咸親之重之，情猶同生，義則師友。何公既登侍中，武子俄而亦作，二賢相得甚歡，咸亦慶之。然自恨闇劣，雖願其繾綣，而從之末由。歷試無效。且有家艱，賦詩申懷，以貽之云爾。

日月光太清，列宿曜紫微。
吾兄既鳳翔，王子亦龍飛。
攜手升玉階，並坐侍丹帷。
斯榮非攸庶，繾綣情所希。
臨川靡芳餌，何為空守坻？
違君能無戀，尸素當言歸。
進則無云補，退則恤其私。
赫赫大晉朝，明明闢皇闈。
雙鸞遊蘭渚，二離揚清暉。
金璫綴惠文，煌煌發令姿。
豈不企高蹤，麟趾邈難追。
槁葉待風飄，逝將與君違。
歸身蓬蓽廬，樂道以忘飢。
但願隆弘美，王度日清夷。

輓歌詩

繆　襲

生時遊國都，死沒棄中野。
朝發高堂上，暮宿黃泉下。
白日入虞淵，懸車息駟馬。
造化雖神明，安能復存我？
形容稍歇滅，齒髮行當墮。
自古皆有然，誰能離此者？

晉・驃騎 王濟

晉・征南將軍 杜預

晉・廷尉 孫綽

晉・徵士 許詢

【導讀】

王濟，字武子，太原晉陽人。武帝時尚常山公主。起家中書郎，遷侍中，終於太僕。無五言詩傳世。

杜預，字元凱，京兆人。起家拜尚書郎。稍遷至鎮南大將軍都督荆州諸軍事，平吳，加位特進。詩今已佚。

孫綽，字興公，太原中都人。爲章安令，稍遷散騎常侍，領著作郎，尋轉廷尉卿。史稱於時才筆之工，綽爲其冠。年五十八卒。現存詩三十七首，五言詩六首。

許詢，字玄度，高陽人。咸安中徵士。現存五言詩一首，散句二。

永嘉以來，清虛在俗❶。王武子輩詩，貴道家之言❷。爰泊江表，玄風尚備❸。眞長、仲祖，桓、庾諸公猶相襲，世稱孫、許，彌善恬淡之詞❹。

【注　釋】

❶永嘉以來，清虛在俗：鍾嶸〈詩品序〉云：「永嘉時，貴黃老，稍尚虛談。」永嘉：西晉懷帝年號，西元三〇七～三一二年。清虛：清議虛談。俗：風俗，習俗。❷王武子輩詩，貴道家之言：王濟、杜預詩不存，貴道家言云云，無考。❸爰泊江表，玄風尚備：《文心雕龍・明詩》云：「江左篇製，溺乎玄風，嗤笑徇務之志，崇盛亡機之談。袁、孫已下，雖各有雕采，而辭趣一揆，莫與爭雄。」泊：及、到。❹眞長、仲祖四句：眞長，劉惔，字眞長，沛國蕭人。有雅才，雖篳門陋巷，晏如也。歷司徒左長史丹陽尹。爲政務鎭靜，信誠風塵不能移也。仲祖：王濛，字仲祖，太原晉陽人。神氣清韶，年十餘歲，放逸不群，弱冠檢尚，風流雅正，外絕榮競，內寡私欲，辟司徒掾中書郎。桓、庾諸公：見〈詩品序〉注。世稱孫、許：《晉書・孫綽傳》云：「少與高陽許詢，俱有高尚之志，居於會稽，遊放山水，十有餘年。」恬淡：恬靜、淡泊。謂孫、許詩尚名理，主清談，情趣淡泊。

【譯　文】

自從永嘉以來，清議虛談，蔚成風氣。王濟等人的詩，以寫道家之言爲貴。到了東晉，玄風仍然很盛，劉惔、王濛、桓溫、庾亮等輩，祖相沿襲。社會上盛稱「孫許」，更長於作虛靜、淡泊一類詩歌。

【附錄】

秋日

孫綽

蕭瑟仲秋日，飆唳風雲高。山居感時變，遠客興長謠。

疏林積涼風，虛岫結凝霄。湛露灑庭林，密葉辭榮條。

撫菌悲先落，攀松羨後凋。垂綸在林野，交情遠市朝。

澹然古懷心，濠上豈伊遙？

竹扇詩

許詢

良工眇芳林，妙思觸物騁。篾疑秋蟬翼，團取望舒景。

晉・徵士

戴逵

晉・東陽太守

殷仲文

【導讀】

戴逵，字安道。性不樂當世。太宰武陵王晞，聞其善鼓琴，使人召之，逵對使者破琴，曰：「戴安道不爲王門伶人。」戴逵詩今不存。

殷仲文，字仲文，陳郡長平人。會稽王道子引爲驃騎參軍，轉諮議參軍。桓舉兵，進侍中，領左衛將軍。玄敗，投義軍。爲鎮軍長史，轉尚書。義熙三年謀反，伏誅。

安道詩雖嫩弱，有清上之句。裁長補短，袁彥伯之亞乎？逵子顒，亦有一時之譽❶。晉、宋之際，殆無詩乎❷！義熙中，以謝益壽、殷仲文爲華綺之冠❸，殷不競矣。

【注釋】

❶安道詩雖嫩弱六句：此六句三十字，據陳延傑《詩品注》按明鈔本《詩品》及黃丕烈〈士禮居藏書題跋記再續〉引《吟窗雜錄》補。清上：清新、雋上。袁彥伯之亞：比袁宏略遜。❷晉、

宋之際，殆無詩乎：晉宋之際，淵明既不爲世所重，則餘者平平矣。《南齊書．文學傳論》曰：「仲文玄氣，猶不盡除，謝混清新，得名未盛。」詩衰如此，故鍾嶸有無詩之歎。❸謝益壽、殷仲文爲華綺之冠兩句：《詩品》卷上評潘岳云：「謝混云『潘詩爛若舒錦，無處不佳；陸文如披沙簡金，往往見寶。』嶸謂「益壽輕華，故以潘爲勝。」故知謝、殷二人詩重華采，尤以謝爲甚。

【譯文】

戴逵的詩雖然不夠老練，自有清新俊拔之句。取其長補其短，大概可算袁宏第二吧？戴逵之子戴顒，也有過一時聲譽。

晉宋之際，幾乎沒有詩歌！晉安帝義熙年間，謝混和殷仲文要算最講究華麗綺靡的詩人了，殷仲文在謝混之下。

【附錄】

南州桓公九井作詩

殷仲文

四運雖鱗次，理化各有準。獨有清秋日，能使高興盡。
景氣多明遠，風物自淒緊。爽籟警幽律，哀壑叩虛牝。
歲寒無早秀，浮榮甘夙隕。何以標貞脆，薄言寄松菌。
哲匠感蕭晨，肅此塵外軫。廣筵散泛愛，逸爵紆勝引。

伊余樂好仁，惑祛吝亦泯。猥首阿衡朝，將貽匈奴哂。

傅亮

宋・尚書令

【導讀】

傅亮，字季友，北地靈州人。初仕晉，爲建威參軍。入宋遷至散騎常侍，左光祿大夫，進爵始興郡公。後與徐羨之、謝晦同廢少帝，奉迎文帝即位。元嘉三年被誅，年五十三。

《宋書・傅亮傳》云：「亮博涉經史，尤善文辭。」「高祖登庸之始……表策文誥皆亮辭也。」今存詩四首，四言、五言各二。

季友文，余常忽而不察。今沈特進撰詩，載其數首❶，亦復平美❷。

【注釋】

❶沈特進撰詩，載其數首：沈特進，即沈約其人。撰詩：《隋書・經籍志》曰：「梁特進沈約集，沈約撰《集鈔》十卷。」撰：著作、著述、編集均謂撰。意謂沈約編撰《集鈔》，載傅亮詩數首。❷亦復平美：「美」，津逮本作「矣」。

【譯文】

傅亮的詩，我常常忽略而不注意。現在沈約編纂《集鈔》，收他幾首詩，也平平而已。

【附錄】

奉迎大駕道路賦詩

傅亮

夙櫂發皇邑，有人祖我舟。餞離不以幣，贈言重琳球。
知止道攸貴，懷祿義所尤。四牡倦長路，君轡可以收。
張邴結晨軌，疏董頓夕輈。東隅誠已謝，西景逝不留。
性命安可圖？懷此作前修。敷衽銘篤誨，引帶佩嘉謀。
迷寵非予志，厚德良未酬。撫躬愧疲朽，三省慚爵浮。
重明照蓬艾，萬品同率由。忠誥豈假知，式微發直謳。

宋・記室 何長瑜

羊曜璠

宋・詹事 范曄

【導讀】

何長瑜，東海人。初爲謝方明所致，教其子惠連讀書，與靈運、荀雍、羊璿之，共爲山澤之遊，時人謂之「四友」。後爲臨川王義慶記室參軍。元嘉二十年，廬陵王紹鎮尋陽，以長瑜爲南中郎行參軍，掌書記之任。行至板橋，遇暴風溺死。今存詩二首，皆五言。

羊曜璠，名璿之，曜璠其字也，太山人。爲臨川內史，被司空竟陵王誕所遇，誕敗後坐誅。與靈運、何長瑜、荀雍以文章賞會，號稱「四友」。

范曄，字蔚宗，小字塼，順陽人。爲征南大將軍檀道濟司馬，領新蔡太守，後爲尚書吏部郎。坐謀反，誅。少好學，善爲文章，能隸書，曉音律，善彈琵琶，能爲新聲。著《後漢書》。今存五言詩二首。

「才難」，信矣❶！以康樂與羊、何若此❷，而□人之辭，殆不足奇❸。

乃不稱其才，亦爲鮮舉矣❹。

【注　釋】

❶「才難」，信矣：《論語・泰伯》云：「才難，不其然乎？」《集注》：「才難，蓋古語，而孔子然之也。」按：「才難」爲古之成語，孔子引之。鍾嶸亦引古成語以證其說。才，當指詩才。❷以康樂與羊、何若此：與，稱譽，讀去聲，義同譽。《漢書・翟方進傳》云：「朝過夕改，君子與之。」康樂與羊、何，《南史・謝靈運傳》云：「時何長瑜教惠連讀書，亦在郡內，靈運又以爲絕倫。謂方明曰：『長瑜當今仲宣，而飴之下客之食。尊既不能禮賢，宜以長瑜還靈運。』載之而去。」又：「長瑜才亞惠連，雍、璿之不及也。」康樂與羊何事，當指此。又，今存何長瑜五言詩二篇，〈嘲府僚詩〉詼諧有致，〈離合詩〉言人生離合之哀樂。璿之詩不傳。❸而□人之辭，殆不足奇：而下原缺。疑爲「二」字。鍾意以爲靈運稱譽羊、何如此，而二人之詩亦不爲佳，以反證詩才之難得也。按：自「才難」至「不足奇」，五句二十字，據陳延傑《詩品注》按明鈔本《詩品》補。原本無此評語。❹乃不稱其才兩句：此二句蓋專指范曄。曄，博學宏才，著《後漢書》傳世。曄〈獄中與諸甥侄書〉略云：「既造《後漢》，轉得統緒。詳觀古今著述及評論，殆少可意者。班氏最有高名，既任情無例，唯志可推耳。博贍不可及之，整理未必愧也。吾雜傳論皆有精意深旨，至於〈循吏〉以下及〈六夷〉諸〈序論〉，筆勢縱放，實天下之奇作。其中合者，往往不減〈過秦〉篇。嘗共比方班氏所作，非但不愧之而已。欲遍作諸志，《前漢》所有者，悉令備，雖事不必多，且使見文得盡。又欲因事就卷內發論，以正一代得失，意復不果。贊自是吾文傑思，殆無一字空設，奇變不窮，同合異體，乃自不知所以稱之。此書行，故應有賞音者。紀傳例爲舉其大略耳，諸細意甚多。自古體大而思精，未有此也。」蓋范曄於史傳洋洋大觀，而詩作亦平平耳。今存〈樂遊應詔詩〉一首，〈臨終詩〉一首，亦未足奇也。鮮舉：少有、少見。

【譯文】

古語說：「人才難得」，確實如此！像謝靈運讚許羊曜璠、何長瑜到這等程度，而二人之詩作，亦不過平平常常。像范曄這樣詩作不符他的才能的人，也是非常少有的了。

【附錄】

離合詩

何長瑜

宜然悅今會，且怨明晨別。肴蔌不能甘，有難不可雪。

臨終詩

范曄

禍福本無兆，性命歸有極。必至定前期，誰能延一息。
在生已可知，來緣憓無識。好醜共一丘，何足異枉直。
豈論東陵上，寧辨首山側。雖無嵇生琴，庶同夏侯邑。
寄言生存子，此路行復即。

宋
孝武帝

宋・南平王
劉鑠

宋・建平王
劉宏

【導讀】

宋孝武帝劉駿，字休龍，小字道民，文帝第三子。元嘉十二年封武陵王。劉劭弒逆，舉兵入討。三十年五月即位，在位十一年。卒年三十五，謚曰孝武皇帝。少機穎，神明爽發，才藻甚美。今存詩二十七首，五言詩二十五首。

劉鑠，字休玄，文帝第四子。元嘉十六年封南平王。劉劭弒逆，爲征虜將軍、開府儀同三司。孝武定亂，進司空，賜藥死。今存詩十首，五言詩九首。

劉宏，字休度，文帝第七子。詩今不存。

孝武詩，雕文織彩，過爲精密❶。爲二藩希慕❷，見稱輕巧矣❸。

【注釋】

❶孝武詩三句：孝武詩如「層峰亙天維，曠渚綿地絡」，「宵登毗陵路，旦過雲陽郛」，「遲

遲分手念，泫泫登路泣」，「遠視秋雲發，近聽寒蟬鳴」等，字俳句對，過爲雕刻矣。❷爲二藩希慕：二藩，指宋南平王劉鑠，宋建平王劉宏。藩，原指屬國、屬地，此借以指屬國國主。希慕：仰慕。❸見稱輕巧：被認爲輕盈纖巧。

【譯文】

宋孝武帝劉駿的詩，雕章琢句猶如組織彩錦，過份精緻繁密。爲南平、建平二位藩王仰慕，被稱爲輕盈纖巧之作。

【附錄】

登覆舟山詩

劉駿

東髮好怡衍，弱冠頗流薄。素想終勿傾，聿來果丘壑。
層峰亙天維，曠渚綿地絡。逢臯列神苑，遭壇樹仙閣。
松登含青暉，荷源煜彤爍。川界泳遊鱗，巖庭響鳴鶴。

七夕詠牛女詩

劉鑠

秋動清風扇，火移炎氣歇。廣簷含夜陰，高軒通夕月。

安步巡芳林，傾望極雲闕。組幕縈漢陳，龍駕凌霄發。

誰云長河遙？頗劇促筵越。沈情未申寫，飛光已飄忽。

來對眇難期，今歡自茲沒。

謝莊

宋・光祿

【導讀】

謝莊，字希逸，陳郡陽夏人，靈運從子。仕至光祿大夫。卒年四十六，謚曰憲子。今存詩十七首，五言詩十二首。

希逸詩氣候清雅，不逮於范、袁❶。然興屬間長，良無鄙促也❷。

【注釋】

❶希逸詩兩句：氣候，《三國志・吳志・朱然傳》云：「然長不盈七尺，氣候分明，內行修絜。」原指人的精神態度，這裡指詩的風格體貌。清雅：高潔文雅。范、袁：指范曄、袁淑。津逮本「范」作「王」，則指王微、袁淑。按：陳延傑《詩品注》卷下謂范曄詩「用事深切，亦自秀逸。」《詩品》評王、袁曰：「殊得風流媚趣。」謝莊不逮也。❷興屬間長兩句：興，賦、比、興之興。〈詩品序〉云：「文已盡而意有餘，興也。」屬：類也。間：間或、偶爾。鄙促：粗野、偪促。

【譯文】

謝莊的詩，風格高潔、文雅，只是不及范曄、袁淑。然而有時很有言外之意，確實沒有粗野和令人傴促不快之處。

【附錄】

遊豫章西觀洪崖井詩

謝莊

幽願平生積，野好歲月彌。舍簪神區外，整褐靈鄉垂。
林遠炎天隔，山深白日虧。遊陰騰鵠嶺，飛清起鳳池。
隱曖松霞被，容與澗煙移。將遂丘中性，結駕終在斯。

宋·御史
蘇寶生

宋·中書令史
陵修之

宋·典祠令
任曇緒

宋·越騎
戴法興

【導讀】

蘇寶生，名寶，寶生其字也。本寒門，有文義之美。官至南臺侍御史、江寧令。詩不傳。

陵修之、任曇緒二人，《宋書》、《南史》皆無傳。

戴法興，山陰人，爲南臺侍御史。廢帝即位，遷越騎校尉。詩不傳。

蘇、陵、任、戴，並著篇章，亦爲搢紳之所嗟詠❶。人非文才是愈，甚可嘉焉❷。

【注釋】

❶爲搢紳之所嗟詠：搢紳，〈詩品序〉：「觀王公搢紳之士。」指愛好詩歌的王公貴族之屬。嗟詠：詠歎。❷人非文才是愈兩句：愈，進、益。謂人而不具文才者越發求進益，故可嘉也。按：陳延傑《詩品注》據家藏明鈔本，謂二句爲：「人非文是愈，有可嘉焉。」

【譯文】

蘇寶生、陵修之、任曇緒、戴法興四人都著有詩作，也爲王公貴族們所詠歎。人而不具備文才往往更努力，很值得讚許。

區惠恭

宋・監典事

【導讀】

區惠恭史書無傳。

惠恭本胡人，爲顏師伯幹❶。顏爲詩，輒偷筆定之❷。後造〈獨樂賦〉，語侵給主，被斥❸。及大將軍修北第，差充作長❹。時謝惠連兼記室參軍❺，惠恭時往共安陵嘲調❻。末作〈雙枕詩〉以示謝，謝曰：「君誠能，恐人未重，且可以爲謝法曹造❼。」遺大將軍，見之賞歎，以錦二端賜謝。謝辭曰：「此詩，公作長所製，請以錦賜之。」

【注釋】

❶爲顏師伯幹：據《南史・顏師伯傳》，顏師伯，字長淵，顏延之從子。爲謝晦領軍司馬。

幹：古稱屬下辦事人員爲幹。❷偷筆定之：偷，私下，私自。定：改定。私自以筆改定之。❸語侵給主，被斥：侵，損害。給：及也。被斥：被驅逐。❹大將軍修北第兩句：大將軍，指彭城王劉義康，元嘉十六年進位大將軍。第：第宅、府第。作長：工長。❺謝惠連兼記室參軍：元嘉七年，惠連爲彭城王義康法曹行參軍。❻嘲調：嘲諷、調侃。❼且：姑且。造：作也。

【譯　文】

區惠恭原本是胡人，是顏師伯的下屬人員。顏師伯作詩時，他常常私自用筆改而定稿。後來作〈獨樂賦〉，語句中侵害到他主人，被驅逐走了。等到大將軍彭城王劉義康修建北府，派他去當工長。那時謝惠連是彭城王的法曹參軍，區惠恭經常去和安陵一道嘲謔調侃。末了，作〈雙枕詩〉拿給謝惠連看，謝惠連說：「您很有才華，我擔心沒有人重視您，姑且可以說是謝法曹寫的。」送給大將軍彭城王劉義康，義康見了讚賞不已，拿兩匹織錦賜給謝惠連。謝惠連邊辭退邊說：「這首詩，是您的工長所作，請把織錦賞賜給他吧！」

齊 惠休上人

齊 道猷上人

齊 釋寶月

【導讀】惠休上人，善屬文。齊世祖蕭賾命之還俗。本姓湯，字茂遠，位至揚州刺史。今存詩十一首，五言詩五首。道猷上人，吳人。宋孝武勒住新安，爲鎭寺法主。釋寶月，齊武帝時人。善解音律。今存詩五首，五言詩四首。

惠休淫靡，情過其才❶。世遂匹之鮑照，恐商周矣❷。羊曜璠云：「是顏公忌鮑之文，故立休鮑之論❸。」庾、帛二胡，亦有清句❹。〈行路難〉是東陽柴廓所造❺。寶月嘗憩其家❻，會廓亡❼，因竊而有之。廓子齎手本出都❽，欲訟此事，乃厚賂止之。

【注　釋】

❶惠休淫靡兩句：湯惠休詩靡而無骨，情長氣短，如「黃鶴西北去，銜我千里心」，「春人心生思，思心長爲君」等句纏綿柔弱，思涉塵俗，豈佛門中語耶？清沈德潛《古詩源》云：「禪寂人作情語，轉覺入微，微處亦可證禪也。」別是一說。❷世遂匹之鮑照兩句：匹，比也。商周：《左傳‧桓公十一年》：「師克在和，不在衆，商周之不敵，君之所聞也。」後世以商周喻兩者不相敵。意謂惠休不敵鮑照，若商之不敵周。❸顏公忌鮑之文兩句：顏忌鮑之文勝己，故意將惠休、鮑照並提，以抑鮑也。《南史‧顏延之傳》曰：「延之每薄湯惠休詩，謂人曰：惠休製作，委巷中歌謠耳。」是顏亦貶惠休詩非獨鮑文也。❹庾、帛二胡兩句：唐權德輿〈送清洽上人〉詩：「佳句已齊康寶月。」陳延傑《詩品注》卷下謂「則寶月非姓庾也，『康』『庾』以形近而訛。」二胡：指寶月、道猷，二僧爲西方天竺人，故曰。❺〈行路難〉句：陳徐陵《玉臺新詠》題寶月作。〈行路難〉爲雜言詩，見《玉臺新詠》卷九。❻憩：休息。❼亡：死去。❽齎：持。

【譯　文】

惠休的詩過份輕靡，情感多於才華。社會上就拿他與鮑照比，恐怕他不是鮑照的對手。羊曜璠說：「這是顏延之忌恨鮑照的作品，所以特地製造休、鮑相匹的輿論。」庾、帛二位胡僧，也有清秀之句。〈行路難〉是東陽柴廓寫作的。寶月常住在柴家，正遇柴廓去世，就把詩竊爲己有。柴廓的兒子拿著手稿到首都建康去，準備付之訴訟，寶月以厚禮送他，才制止了這件事。

【附錄】

怨詩行

湯惠休

明月照高樓，含君千里光。巷中情思滿，斷絶孤妾腸。
悲風盪帷帳，瑤翠坐自傷。妾心依天末，思與浮雲長。
嘯歌思秋草，幽葉豈再揚。暮蘭不待歲，離華能幾芳。
願作張女引，流悲繞君堂。君堂嚴且祕，絶調徒飛揚。

陵峰采藥觸興爲詩

帛道猷

連峰數千里，修林帶平津。雲過遠山翳，風至梗荒榛。
茅茨隱不見，雞鳴知有人。閒步踐其徑，處處見遺薪。
始知百代下，故有上皇民。

估客樂 兩首選一

釋寶月

郎作十里行，儂作九里送。拔儂頭上釵，與郎資路用。

齊高帝

齊・征北將軍

張永

齊・太尉

王文憲

【導讀】

齊高帝蕭道成，字紹伯，小字鬬將，南蘭陵武進人。仕宋，累封齊王。廢宋自立。年五十六。謚高皇帝。存詩二首，五言只〈群鶴詠〉一首。

張永，字景雲，吳郡人。仕至征北將軍。

王儉，字仲寶，琅琊臨沂人。襲爵豫章侯。仕至侍中尚書左鎮軍將軍。卒年三十八，追贈太尉，謚文憲。是鍾嶸師。今存詩八首，五言詩五首。

齊高帝詩，詞藻意深❶，無所云少❷。張景雲雖謝文體，頗有古意❸。至如王師文憲❹，既經國圖遠，或忽是雕蟲❺。

【注釋】

❶藻：藻麗。❷無所云少：不要說詩少。❸張景雲雖謝文體兩句：嶸論詩以「骨氣奇高，

詞采華茂，情兼雅怨，體被文質」爲標準，文體蓋指此。謝：辭也。古意：古體詩之意味。❹王師文憲：王文憲爲鍾嶸老師。《南史・鍾嶸傳》：「嶸，齊永明中爲國子生。衛將軍王儉領祭酒，頗賞接之。」王儉爲嶸師，故於儉獨稱謚號。❺既經國圖遠兩句：《南齊書・王儉傳》云：「儉寡嗜欲，唯以經國爲務。車服塵素，家無遺財。手筆典裁，爲當時所重。」又曰：「儉常謂人曰：『江左風流宰相，唯有謝安。』蓋自比也。世祖深委仗之，士流選用，奏無不可。」雕蟲：漢揚雄《法言・吾子》：「或問：『吾子少而好賦？』曰：『然，童子雕蟲篆刻。』俄而曰：『壯夫不爲也。』」按：西漢學童習秦書八體，蟲書、刻符爲其中兩體，纖巧難工。故以指作辭賦之雕章琢句，亦喻小技、末道。此言雕蟲，指詩道。

【譯文】

齊高帝蕭道成的詩，文詞藻麗，寓意深遠，不要說他詩不多。張永雖然不具備詩的理想文體，也很有古意。至於我的老師王儉，他既然胸懷治國的深遠打算，也許忽略了作爲雕蟲小技的詩道了。

【附錄】

群鶴詠

蕭道成

八風儛遙翮，九野弄清音。一摧雲間志，爲君苑中禽。

春日家園詩

王儉

徙倚未云暮，陽光忽已收。
冉冉老將至，功名竟不脩。
撫躬謝先哲，解紱歸山丘。

羲和無停晷，壯士豈淹留。
稷契匡虞夏，伊呂翼商周。

齊·黃門
謝超宗

齊·潯陽太守
丘靈鞠

齊·給事中郎
劉　祥

齊·司徒長史
檀　超

【導　讀】

謝超宗，陳郡陽夏人。謝靈運之孫。好學，有文辭，盛得名譽，解褐奉朝請。孝武帝曾稱云：「超宗殊有鳳毛，恐靈運復出。」太祖即位，轉黃門郎。詩不傳。

丘靈鞠，吳興烏程人。累遷員外郎，後除太尉參軍。永明二年，領驍騎將軍。《南齊書·文學傳》云：「靈鞠好飲酒，臧否人物。在沈淵座見王儉詩，淵曰：『王令文章大進。』靈鞠曰：『何如我未進時？』」詩不傳。

劉祥，字顯微，東莞莒人。解褐爲巴陵王征西行參軍，除正員外。祥少好文學，然輕言肆行，不避高下。年三十九卒。詩不傳。

檀超，字悅祖，高平金鄉人。少好文學，解褐州西曹，後爲司徒右長史。詩不傳。

齊・正員郎
鍾憲

齊・諸暨令
顏則

齊・秀才
顧則心

鍾憲，鍾嶸之從祖。潁川長社人。齊正員外郎。今存五言詩一首。

顏則，史書無傳。一說爲顏測之誤。顏測，顏延年之子。

顧則心，一作惠，一作測。揚州主簿，善《易》。今存五言詩一首。

檀、謝七君，並祖襲顏延，欣欣不倦，得士大夫之雅致乎❶！余從祖正員常云：「大明、泰始中，鮑、休美文，殊已動俗，唯此諸人，傅顏、陸體❷。用固執不如，顏諸暨最荷家聲❸。」

【注釋】

❶檀、謝七君四句：謂七人皆淵源於顏延之。欣欣：《楚辭》屈原〈遠遊〉：「內欣欣而自美兮，聊媮娛以自樂。」欣欣謂喜樂自得之貌。士大夫：《晉書・夏侯湛傳》：「僕也承門戶之

業，受過庭之訓，是以得接冠帶之末，充乎士大夫之列。」古之文人而無官職者均可列入士大夫等級。《南史·文學傳》云：「宋孝武殷貴妃亡，靈鞠〈挽歌〉三首云：『雲橫廣階闇，霜深高殿寒。』帝摘句嗟賞。」陳延傑《詩品注》卷下謂：「就此二句觀之，信祖襲顏延也。」❷鮑、休美文四句：鮑、休，指鮑照與惠休。傅：依附。顏、陸體，顏延之詩源出陸機，故謂顏、陸體。❸用固執不如兩句：用，以也。如：陳延傑家藏明鈔本《詩品》作移。荷：擔負，承擔。陳延傑《詩品注》卷下云：「言自宋以來，鮑、休詩已動俗，唯檀、謝諸人，獨宗傅顏、陸體，不肯改學鮑、休焉。」

【譯　文】

檀、謝等七位詩人，都效法顏延之，欣欣然樂此不倦，眞有士大夫的高雅情致！我的叔祖鍾憲常常說：「大明、泰始年間，鮑照、惠休的華麗詩歌，已經振動了凡俗。只有這幾個人，依附顏延之、陸機的詩體，如此執著而不動搖。其中顏則最有顏家聲譽。」

【附　錄】

登群峰標望海詩

鍾　憲

蒼波不可望，望極與天平。往往孤山映，處處春雲生。
差池遠雁沒，颯沓群鳧驚。囂塵及簿領，棄捨出重城。

臨川徒可羨，結網庶時營。

望廨前水竹詩

顧則心

蕭蕭叢竹映，澹澹平湖淨。葉倒漣漪文，水漾檀欒影。
相思不會面，相望空延頸。遠天去浮雲，長墟斜落景。
幽痾與歲積，賞心隨事屏。鄉念一邅迴，白髮生俄頃。

齊・參軍 毛伯成
齊・朝請 吳邁遠
齊・朝請 許瑤之

【導讀】

毛伯成，史書無傳。

吳邁遠，曾任江州從事。好爲文章，又喜自誇而嗤鄙他人。每作詩，得稱意語，輒擲地呼曰：「曹子建何足數哉！」宋元徽二年，坐桂陽之亂誅死。今存詩十二首，五言詩十一首。

許瑤之，不詳生平。今存五言詩三首。

伯成文不全佳，亦多惆悵。吳善於風人答贈❶。許長於短句詠物❷。湯休謂遠云：「我詩可爲汝詩父。」以訪謝光祿云：「不然爾，湯可爲庶兄❸。」

【注釋】

❶吳善於風人答贈：陳徐陵《玉臺新詠》錄吳邁遠擬樂府四首，皆寓答贈之意。❷許長於短句詠物：許瑤之今存詩三首，其〈詠柟榴枕詩〉：「端木生河側，因病遂成妍。朝將雲髻別，夜與蛾眉連。」爲詠物之作。許另二詩，亦爲短章。❸湯休謂遠云五句：此謂湯、吳之詩，非若父子有上下之分，乃兄弟行輩耳。湯休：湯惠休。遠：指吳邁遠。謝光祿：指謝莊。庶兄：旁支之兄。

【譯文】

毛伯成文章並非全好，有不少失意之詞。吳邁遠善於寫樂府贈答。許瑤之擅長短句詠物詩篇。湯惠休對吳邁遠說：「我的詩可以做你的詩的父親。」並拿這話去訪問謝莊，謝莊說：「不能這樣說，你只能做他的表兄。」

【附錄】

櫂歌行

吳邁遠

十三爲漢使，孤劍出臯蘭。西南窮天險，東北畢地關。
岷山高以峻，燕水清且寒。一去千里孤，邊馬何時還。
遙望煙嶂外，障氣鬱雲端。始知身死處，平生從此殘。

閨婦答鄰人詩

許瑤之

昔如影與形，今如胡與越。不知行遠近，忘卻離年月。

齊 鮑令暉

齊 韓蘭英

【導讀】

鮑令暉，鮑照妹，有才思，亞於明遠。著《香茗賦集》行世。今存五言詩七首。

韓蘭英，女，吳郡人。宋孝武世，獻〈中興賦〉，被賞入宮。宋明帝世，用爲宮中職僚。世祖以爲博士，教六宮書學。以其年老多識，呼爲韓公。今存詩一首。

令暉歌詩，往往嶄絕清巧❶。擬古尤勝❷，唯〈百願〉淫矣❸。照嘗答孝武云：「臣妹才自亞於左芬，臣才不及太沖爾❹。」蘭英綺密，甚有名篇❺。又善談笑，齊武謂韓云：「借使二媛生於上葉，則玉階之賦，紈素之辭，未詎多也❻。」

【注　釋】

❶嶄絕清巧：嶄絕，原指山勢高峻險要，引申為事物超越尋常。清巧，清麗細巧。如〈擬客從遠方來〉：「客從遠方來，贈我漆鳴琴，木有相思文，弦有別離音。終身執此調，歲寒不改心。願作陽春曲，宮商長相尋。」清麗小巧，獨出一格。❷擬古尤勝：按，鮑令暉擬古詩除上引〈擬客從遠方來〉而外，尚有一首〈擬青青河畔草〉，亦佳。❸唯〈百願〉淫矣：陳延傑據明鈔本《詩品》謂作：「唯百韻淫雜矣。」按：〈百願〉或「百韻」均佚。❹照嘗答孝武云三句：左芬，晉人，左思之妹，好學能文，為晉武帝貴嬪，每有方物異寶，必詔芬作賦頌。照以己與妹令暉，自比於晉左思與其妹芬，又自愧才不逮。❺蘭英綺密，甚有名篇：蘭英詩今存一首，不知名篇者何？綺密：已見前注。❻借使二媛生於上葉四句：借使，假使。二媛：二女子。指鮑令暉、韓蘭英。上葉：上世、前代。玉階之賦：漢班婕妤退處東宮，作賦自傷，其詞有：「華殿塵兮玉階苔」紈素之辭：班姬〈團扇詩〉有句：「新裂齊紈素」，故云爾。多：勝也。

【譯　文】

鮑令暉的詩歌，往往清麗細巧，風格獨特。她的擬古詩尤其出眾；只有〈百願〉之作，多而雜亂。鮑照曾經回答宋孝武帝說：「我妹妹文才自在左芬之下，正如我的文才不及左思一樣。」韓蘭英華麗明密，很有些名篇；又善於談笑。齊武帝對韓蘭英說：「假使你與令暉二位淑女生在前代，那麼，〈玉階〉之賦，〈團扇〉之章，未必稱得上是上乘之作了。」

【附錄】

擬青河畔草詩

鮑令暉

褭褭臨窗竹，藹藹垂門桐。灼灼青軒女，泠泠高堂中。

明志逸秋霜，玉顏掩春紅。人生誰不別，恨君早從戎。

鳴弦慚夜月，紺黛羞春風。

爲顏氏賦詩

韓蘭英

絲竹猶在御，愁人獨向隅。棄置將已矣，誰憐微薄軀？

齊・司徒長史

張融

齊・詹事

孔稚珪

【導讀】

張融，字思光，吳郡人。初仕宋爲新安王參軍，出爲封谿令。改爲儀曹郎。齊高帝即位，累遷司徒兼右長史。建武四年卒，年五十四。現存詩四首，五言詩居三。

孔稚珪，字德璋，會稽山陰人。齊高帝時爲驃騎，取爲記室參軍。建武初，累遷冠軍將軍、太子詹事、散騎常侍。現存五言詩三首。

思光紆緩誕放❶。縱有乖文體，然亦捷疾豐饒，差不局促❷。德璋生於封谿❸，而文爲雕飾，青於藍矣❹。

【注釋】

❶紆緩誕放：紆緩，屈曲緩慢。誕放，縱放曠達，不受約束。❷縱有乖文體三句：《南齊書・張融傳》稱齊太祖素奇愛融，見融常笑曰：「此人不可無一，不可有二。」融嘗爲〈門律自序〉曰：「吾文章之體，多爲世人所驚，汝可師耳以心，不可使耳爲心師也。夫文章豈有

常體，但以有體爲常，政當使常有其體。」融臨卒，又戒其子曰：「吾文體英絕，變而屢奇，既不能遠至漢魏，故無取嗟晉宋。」是謂「有乖文體」也，有乖爲文之常體也。參閱評張永文體注。捷疾：指思敏文捷。差：大致。局促：拘束、拘謹。亦作侷促。❸德璋生於封谿：張融嘗爲封谿令，稚珪從之學詩，故云德璋生於封谿也。❹青於藍：《荀子・勸學》：「青，取之於藍，而青於藍。」藍，藍草，染青色之草。弟子勝於老師之謂也。

【譯文】

張融詩節奏緩慢，語意縱放，縱然文體不同常規，但也才敏思捷，寓意豐厚，大體上不顯拘束。孔稚珪詩學成於封谿令張融，措辭雕飾，所謂「青出於藍而勝於藍」了。

【附錄】

別詩

張融

白雲山上盡，清風松下歇。
欲識離人悲，孤臺見明月。

白馬篇

孔稚珪

驥子跼且鳴，鐵陣與雲平。
漢家嫖姚將，馳突匈奴庭。

少年鬥猛氣，怒髮爲君征。
早出飛狐塞，晚泊樓煩城。
嘶笳振地響，吹角沸天聲。
橫行絕漠表，飲馬瀚海清。
勒石燕然道，凱歸長安亭。
但使強胡滅，何須甲第成。

雄戟摩白日，長劍斷流星。
虜騎四山合，胡塵千里驚。
左碎呼韓陣，右破休屠兵。
隴樹枯無色，沙草不常青。
縣官知我健，四海誰不傾？
當令丈夫志，獨爲上古英。

齊・寧朔將軍

王融

齊・中庶子

劉繪

【導讀】

王融，字元長，琅琊臨沂人。祖王僧達，王儉從子。舉秀才，爲晉安王南中郎參軍。歷晉陵王司徒法曹參軍，中書郎兼主客郎。竟陵王蕭子良以爲寧朔將軍軍主。鬱林王即位，收下廷尉獄，賜死，年二十七。

劉繪，字士章，彭城人。初爲齊高帝行參軍，歷位中書郎。竟陵王開西邸，繪爲後進領袖。高宗即位，出爲寧朔將軍。梁武帝蕭衍起兵，朝廷以繪持節督四州軍事。卒年四十五。今存五言詩八首。

元長、士章，並有盛才❶，詞美英淨。至於五言之作，幾乎尺有所短❷。譬應變將略，非武侯所長，未足以貶臥龍❸。

【注釋】

❶元長、士章，並有盛才：《南齊書・王融傳》云：「融少而神明警惠，博涉有文才。」又云：「上幸芳林園禊宴朝臣，使融爲〈曲水詩序〉，文藻富麗，當世稱之。」《南齊書・劉繪傳》

云：「繪聰警有文義，善隸書，數被賞召，進對華敏。」又云：「永明末，京邑人士盛爲文章談義，皆湊竟陵王西邸。繪爲後進領袖，機悟多能。時張融、周顒並有言工，融音旨緩韻，顒辭致綺捷，繪之言吐，又頓挫有風氣。時人爲之語曰：『劉繪貼宅，別開一門。』言在二家之中也。」是元長、士章並有盛才之證。❷尺有所短：《楚辭·卜居》：「尺有所短，寸有所長。」以喻人事之各有短長，未可一概而論也。❸應變將略三句：大將應對變化之謀略謂應變將略。諸葛亮封武鄉侯，故稱武侯。《三國志·蜀志·諸葛亮傳》：「連年動眾，未能成功。蓋應變將略，非其所長歟！」又：「徐庶謂先主曰：『諸葛孔明，臥龍也。』」此言元長、士章短於詩，未足貶損焉。

【譯文】

王融、劉繪，都有大才，文詞精美煉淨。至於五言詩，可以說是「尺有所短」了。比方說，應對機變的大將謀略，不是諸葛亮專長，也不能因此而貶低諸葛亮啊！

【附錄】

采菱曲

王融

炎光銷玉殿，涼風吹鳳樓。雕輜儼平隰，朱棹泊安流。
金華妝翠羽，鷁首畫飛舟。荊姬采菱曲，越女江南謳。
騰聲翻葉靜，發響谷雲浮。良時時一遇，佳人難再求。

餞謝文學離夜

劉繪

汀洲千里芳，朝雲萬里色。悠然在天隅，之子去安極。
春潭無與窺，秋臺誰共陟？不見一佳人，徒望西飛翼。

齊・僕射

江祏

【導讀】

江祏，字弘業，濟陽考城人。永泰元年，爲侍中中書令，轉右僕射。詩不傳。

祏詩猗猗清潤❶；弟祀，明靡可懷❷。

【注釋】

❶猗猗：美貌。《詩經・衞風・淇澳》：「瞻彼淇澳，綠竹猗猗。」❷明靡：明媚華靡。

【譯文】

江祏的詩，清秀圓潤，十分美好；他弟弟江祀的詩，明媚華美，值得懷念。

齊・記室 王巾

齊・綏建太守 卞彬

齊・端溪令 卞錄

【導讀】

王巾，字簡棲，琅琊臨沂人。有學業，起家朔州從事，征南記室，天監四年卒。詩不傳。

卞彬，字士蔚，濟陰冤句人。爲南康郡丞，後爲綏建太守，卒官。今存七言〈自爲童謠〉一首，見《南齊書》本傳。五言不存。

卞錄，生平不詳。

王巾、二卞，並愛奇嶄絕❶。慕袁彥伯之風❷。雖不宏綽❸，而文體剿淨❹，去平美遠矣❺。

【注 釋】

❶愛奇嶄絕：陳延傑曰，明鈔本《詩品》「奇」之上有「淸」字。❷袁彥伯之風：袁宏之詩風。❸宏綽：宏大。❹剿淨：簡明。❺平美：平穩和美。

【譯 文】

王巾和卞彬、卞錄，都愛新奇、獨特，仰慕袁宏的詩風。雖氣象欠宏大，但文風簡明；離平穩和美的格調就遠了。

袁嘏

齊・諸暨令

【導讀】

袁嘏，陳郡人。建武末，爲諸暨令。詩不傳。

嘏詩平平耳，多自謂能。嘗語徐太尉云：「我詩有生氣，須人捉著。不爾，便飛去❶。」

【注釋】

❶嘗語徐太尉云五句：《南齊書・文學傳》云：「陳郡袁嘏，自重其文。謂人云：『我詩應須大材迮之，不爾飛去。』建武末，爲諸暨令，被王敬則所殺。」

【譯文】

袁嘏的詩平平常常，往往自以爲了不起。曾經對徐太尉說：「我的詩生氣勃勃，必須有人捉住；不然，就飛走了。」

齊・雍州刺史

張欣泰

梁・中書郎

范縝

【導讀】

張欣泰，字義亨，竟陵人。建元初，歷官寧朔將軍，累除尚書都官郎，後出爲永陽太守，後爲雍州刺史。詩不傳。

范縝，字子眞，范雲從兄。仕齊，位尚書殿中郎，後爲晉安太守。梁天監四年遷尚書左丞。以駁佛教神不滅論徙赴廣州，還爲中書郎、國子博士。今存詩一首，題爲〈擬招隱士〉，雜言。

欣泰、子眞，並希古勝文❶。鄙薄俗製，賞心流亮，不失雅宗❷。

【注釋】

❶希古勝文：希，仰慕、企求。古勝文：古之好文章。❷鄙薄俗製三句：俗制，當代流行甚廣的一般趨新詩作。流亮：流暢、明亮。雅宗：古雅的傳統。

【譯　文】

張欣泰、范縝，都仰慕古代的好文章，看不起當代流傳的凡俗之作，喜愛流暢明朗的風格，保留著古雅的傳統。

陸厥

梁・秀才

【導讀】

陸厥，字韓卿，吳人。州舉秀才，後至行軍參軍。少有風概，好屬文，善四聲。永明諸人之一。卒年二十八。今存詩十五首，五言詩十二首。《南齊書・文學傳》稱厥「五言詩體甚新奇」。

觀厥文緯，具識丈夫之情狀❶。自製未優，非言之失也。

【注釋】

❶觀厥文緯兩句：陳延傑《詩品注》以爲：「文緯乃言理者，或即指厥與沈約論宮商書。」按：沈約《宋書・謝靈運傳論》論四聲五音謂：「自靈均以來，此祕未睹。」《南齊書・陸厥傳》載陸厥〈與沈約書〉云：「辭既美矣，理又善焉。但觀歷代眾賢，似不都闇此處，而云『此祕未睹』，近於誣乎？」具識丈夫之情狀，殆謂此。又，許文雨《文論講疏》以〈文緯〉爲陸厥佚著。按：錢鍾書《管錐編》第一四五〇頁云：「『丈夫』二字必誤，疑『丈』乃是『文』之訛，後世不察其訛，而又不解其意，遂增『夫』字是之。」

【譯文】

統觀陸厥對文理的認識，具有男子漢的氣度。但自己的詩作，未必很好。這不能說是他論音韻的話不對。

【附錄】

蒲坂行

陸厥

江南風已春，河間柳已把。雁返無南書，寸心何由寫。
流泊祁連山，飄颻高闕下。

梁·常侍

虞羲

梁·建陽令

江洪

【導讀】

虞羲，字子陽，會稽人。齊始安王引爲侍郎，尋兼建安征虜府主簿功曹。又兼記室參軍。天監中卒。存詩三十一首，五言詩十一首。

江洪，濟陽人。工屬文，爲建陽令。坐事死。存五言詩十八首。

子陽詩，奇句清拔，謝朓常嗟頌之❶。洪雖無多，亦能自迥出❷。

【注釋】

❶子陽詩三句：明胡應麟《詩藪·外編》卷二云：「宋、齊之末，靡極矣，而袁陽源〈白馬〉，虞子陽〈北伐〉，大有建安風骨，何從得之？」清拔：清勁，拔俗。謝朓嗟頌，其事不詳。

❷迥出：高遠出眾。

【譯文】虞羲的詩，其佳句清勁拔俗，謝朓常常吟詠歎賞。江洪詩雖不多，也自能高遠出眾。

【附錄】

詠霍將軍北伐詩

虞羲

擁旄爲漢將，汗馬出長城。長城地勢險，萬里與雲平。
涼秋八九月，虜騎入幽并。飛狐白日晚，瀚海愁陰生。
羽書時斷絕，刁斗晝夜驚。乘墉揮寶劍，蔽日引高旍。
雲屯七萃士，魚麗六郡兵。胡笳關下思，羌笛隴頭鳴。
骨都先自讋，曲逐次亡精。玉門罷斥候，甲第始修營。
位登萬庾積，功立百行成。天長地自久，人道有虧盈。
未窮激楚樂，已見高臺傾。當令麟閣上，千載有雄名。

詠荷

江洪

澤陂有微草，能花復能實。碧葉喜翻風，紅英宜照日。

移居玉池上，託根庶非失。如何霜露交，應與飛蓬匹。

梁·步兵 鮑行卿

【導讀】

鮑行卿，以博學大才稱，位後軍臨川王錄事，兼中書舍人，遷步兵校尉。上〈玉璧銘〉，受褒賞。又好韻語。

梁·晉陵令 孫察

孫察，事迹不詳。

行卿少年，甚擅風謠之美❶。察最幽微，而感賞至到耳❷。

【注釋】

❶風謠：指樂府歌謠。❷察最幽微二句：言孫察能探幽入微，善解物理，感受和鑑賞作品至精至到。

【譯文】

鮑行卿年少翩翩，非常擅長於樂府歌謠。孫察善於探幽入微，妙解物理，感受鑑賞能力至精至到。

國家圖書館出版品預行編目資料

詩品／南朝・鍾嶸原著；徐達譯注. --二版. --臺北市：五南, 2013.10

面； 公分.

ISBN 978-957-11-7303-0 (平裝)

1.中國詩 2.詩評 3.魏晉南北朝

821.83 102016953

中國經典 03

8R28 **詩品**

原　　著　南朝・鍾嶸
譯　　注　徐達
總 編 輯　王翠華
副總編輯　蘇美嬌
責任編輯　邱紫綾
封面設計　童安安、韓愉文

發 行 人　楊榮川
出 版 者　五南圖書出版股份有限公司
地　　址　台北市和平東路２段３３９號４樓
電　　話　０２－２７０５５０６６
傳　　真　０２－２７０５６１００
郵政劃撥　０１０６８９５３
網　　址　http://www.wunan.com.tw
電子郵件　wunan@wunan.com.tw
經 銷 商　朝日文化事業有限公司
進退貨地址　新北市中和區橋安街１５巷１號７樓
電　　話　０２－２２４９７７１４
傳　　真　０２－２２４９８７１５

顧　　問　林勝安律師事務所　林勝安律師

出版日期　2013年10月 二版一刷（500）
定　　價　新台幣250元整